KB113749

속옷

도서출판 아시아에서는 《바이링궐 에디션 한국 대표 소설》을 기획하여 한국의 우수한 문학을 주제별로 엄선해 국내외 독자들에게 소개합니다. 이 기획은 국내외 우수한 번역가들이 참여하여 원작의 품격을 최대한 살렸습니다. 문학을 통해 아시아의 정체성과 가치를 살피는 데 주력해 온 도서출판 아시아는 한국인의 삶을 넓고 깊게 이해하는 데 이 기획이 기여하기를 기대합니다.

Asia Publishers presents some of the very best modern Korean literature to readers worldwide through its new Korean literature series ⟨Bilingual Edition Modern Korean Literature⟩. We are proud and happy to offer it in the most authoritative translation by renowned translators of Korean literature. We hope that this series helps to build solid bridges between citizens of the world and Koreans through a rich in-depth understanding of Korea.

바이링궐 에디션 한국 대표 소설 046

Bi-lingual Edition Modern Korean Literature 046

Underwear

김남일
속옷

Kim Nam-il

ASIA
PUBLISHERS

Contents

속옷　　　　　　　　**007**

Underwear

해설　　　　　　　　**097**

Afterword

비평의 목소리　　　**111**

Critical Acclaim

작가 소개　　　　　**118**

About the Author

속옷

Underwear

1

어처구니없는 일이었다.

앞 좌석께에서 누군가가 어어, 우리집은 이 골목인데, 라는 말을 했고, 그때까지 선도차량의 길안내를 받으며 자못 호사스러운 대접을 즐기고 있던 사람들이 어디, 어디, 하며 저마다 고개를 외로 튼 순간, 버스는 이미 정문 어귀의 시멘트 턱을 넘어섰다. '民生治安確立(민생치안확립)'—그제야 사정을 눈치 챈 사람들이 엉덩이를 빼고 일어섰다. 나 역시 거의 조건반사적으로 자리에서 일어섰다.

1

The whole thing started ridiculously.

Someone uneasily yelled from one of the front row seats, "Hey, you have to turn to that alley to get to our house!" We had been having a rather extravagant ride, a pilot car leading the way, when we turned our heads all at once, asking, "Where, where?" The bus was already going over the speed bump near the main gate. "Public Security for Ordinary People"—the huge sign made it clear where we were, and we began to stand up. I got up too, almost as if it was conditioned.

"어, 이게 뭐야?"

젊은 축에서는 벌써 거센 항의를 하기 시작했다. 최두석, 이재무, 홍일선, 이승철, 공광규…….

"약속이 틀리잖아."

"뭐야, 이거? 이래도 되는 거야?"

"여기가 어디야, 엉?"

그러나 그곳이 어딘지 모르는 사람은 아무도 없었다. 바로 전 누군가가 끌탕치는 목소리로 말한 '우리집'에서 그야말로 엎어지면 코 닿을 데 있는 경찰서였다. 오죽이나 잘 아는 곳이랴. 오면가면 매일같이 보는 곳이요, 개중에는 이런저런 연유로 싫어도 한두 차례 문턱을 밟아야 했던 사람들마저 있는 데였다. 하물며 그곳 사람들이 친절하게 동승하여 데려왔으니 아무리 눈 어두운 글쟁이라도 예가 어디냐고 물어서는 안 될 곳이었다. 하지만 여기가 어디냐고 묻는 볼멘 목소리 속에는 그나마 순진하게 믿었던 약속이 그르쳐진 데 대한 울화가 담겨 있었다. 따라서 굳이 그 물음에 답하여 나서는 사람은 적어도 '끌려온' 사람들 중에는 없었다.

맹랑하게, '끌고 온' 사람들 중에서 누군가가 대답했다.

"Hey, what is this?"

The younger people with us already began protesting. Choe Du-seok, Yi Jae-mu, Hong Il-seon, Yi Seung-cheol, and Kong Gwang-gyu...

"This isn't what you promised."

"What is this, huh? You think you can do this?"

"Where are we, huh?"

Of course, all of us knew where we were. We were at the police station, not "our house" the office where we did our meetings and organizing. How well we knew this police station! We passed by it almost everyday, and some of us had to step over its threshold once or twice for various reasons, whether we wanted to or not. Besides, we had been kindly taken here by police officers, so we really didn't have to ask anybody to know where we were, no matter how bad our sense of direction was. But we were angry and we were asking them questions because we'd naïvely believed their broken promises. So, none of us taken, or rather, dragged here, tried to answer that question.

Incredibly, one of the people who dragged us here volunteered to answer.

"You don't know? This is *our* house, and we are

11

"몰루? 예가 바루 우리집요. 우덜이 맨날마닥 좆뺑이 치는 데."

자랑스럽게 헤, 하는 웃음이 말끝에 묻어나왔다. 이어, 좀 더 경망스럽고 노골적으로 비겁한 웃음소리가 몇 사람의 청바지 입에서 터져나왔다.

"뭐라고, 어떤 놈이야?"

끌려온 사람들 중에서도 가장 나이가 어린 편에 끼는 시인 박선욱이었다. 원래 광주 시립합창단에서 월급 3만 원을 받고 노래를 부르던 친구라 목소리가 여간 큰 게 아니었다. 선배 소설가 천승세 선생이 박선욱의 창법을 가리켜 영락교회 성가대풍의 벨칸토 창법이라고 한 바 있다. 그렇지만 김지하 시인의 시에 곡을 붙였다는 〈이 산하에〉를 부를 때면, 이 땅에서 사는 일의 척박함과 비장함이 골골이 우러났다. 그만큼 그의 노래는 폭정의 세월을 찢어발기는 힘이 있었는데, 〈그리운 금강산〉을 부를 때는 왜 또 그리 슬픈지!

고성이 비좁은 차내를 누비기 시작했다.

시인과 소설가들이 상서롭지 못한 육두문자를 마구 입에 담았다. 창밖으로 새까맣게 도열해 있는 경찰들의 모습이 보이자, 그러잖아도 화가 목울대 끝까지 치밀어

going to have a great fucking time here."

A small, triumphant laugh followed. And then some more thoughtless and cowardly laughter from a few jeans.

"What? Who said that?"

Park Seon-uk, a poet and probably one of the youngest of us, had an extraordinarily booming voice. He used to sing at the Gwangju City Choir and got paid thirty thousand won a month for the job. Mr. Chun Seung-sei, the elder novelist, called his singing voice "Bel-canto" in the style of the Youngnak Presbyterian Church Choir. When he sang "In Our Mountains and Rivers," a song first composed as a poem by Kim Ji-ha, every measure of his voice conveyed the deeply tragic and tough nature of our lives in our homeland. His song had the power of tearing these tyrannical times to shreds. Also, how sad we all felt when he sang "How We Miss Mt. Geumgang"!

Loud voices began weaving through the narrow passageway in the bus.

The poets and novelists were randomly cursing. When they saw the many dark rows of policemen through the window, the writers, already extremely angry, were about to become full-blown rebels.

오른 문인들은 바야흐로 폭도가 되기 일보 전이었다.

"어, 거 점잖은 양반들이 왜 이리 쌍스런 말씀들을 하실까."

비아냥거리는 청바지들도 적잖았다.

"누가 쌍스럽게 만들었어? 왜 끌고 와, 엉?"

"국법을 어겼으니까 끌고 온 거 아뇨?"

"국법?"

"그렇지. 잘 아시누만."

"그래, 대한민국 헌법엔 거주 이전의 자유도 없어?"

"지랄하네."

"뭐라구?"

"그럼 뭐야? 거기가 당신네 안방야? 그래도 되는 거냐구. 가고 싶으면 뭣 꼴리는 대루다 마구 가게."

바로 그때였다. 야 이 쌍놈의 새끼들아, 로 운을 떼는 카랑카랑한 목소리가 내 바로 앞좌석에서 터져나왔다. 압도적인 기세였다. 게다가 쭉 뻗는 손이 한 바퀴 돌자, 차 안에는 돌연 정적이 흘렀다.

"이 땅이 뉘 땅인데 오도가도 못해? 누가 금을 거냈어? 내 땅 내 나라 둘로 갈라진 것만도 서러운데, 맘잡고 다시 시작해보자, 애써 나선 길을 왜 막아!"

"Well, why are you gentlemen cursing at us like this?" Some jeans were laughing at them.

"Who made us? Why'd you drag us here, huh?"

"We had to take you here because you violated our national law, ok?"

"National law?"

"That's right. You know it, don't you?"

"What, so, there's no freedom of movement guaranteed in the Constitution of the Republic of Korea?"

"Fuck you!"

"What's that?"

"What, you think North Korea's your bedroom? You think you're allowed to go there? You think you can just go wherever the fuck you want?"

In that moment, right in front of me, a clear, piercingly high-pitched voice burst out with "Hey, you, sons-of-bitches!" The voice was overbearing. Then a hand stretched out straight and made a half circle, silencing the bus.

"Whose land is this that we can't come and go as we please? Who drew that line? It's sad that my own land and country are divided. We're trying to start over. Why are you blocking the path that we've worked so hard to create?"

아무 대꾸가 없었다. 침묵은 꽤나 길게 이어지는 듯
느껴졌다. 간신히 참고 또 참아왔던 오줌이 한꺼번에
말라버린 듯한 기분이었다. 왁자지껄, 그런대로 소란스
럽던 분위기 속에서 마치 소풍이라도 다녀오는 듯싶던
기분은 어느새 씻은 듯이 사라졌고, 그 자리에 대신 착
잡함이 덜컥 들어앉았다. 그것은 나 자신이 줄곧 지녀
왔던 태도에 대해 순간적으로 싹이 튼 반성이었다. 비
로소 나 또한 결코 그 의미가 작을 수 없는 이번 일에
어떤 형태로든 책임을 감당해야 한다는 생각이 들었다.
따지고 보면 누구라도 책임이 없을 텐가. 막는다는 걸
뻔히 알면서도 그곳에 발꿈치라도 디밀겠노라 부득부
득 길 떠났던 우리들이나, 가라고 해도 철조망 너머 선
뜻 넘어가지 못할 줄 번연히 알면서도 기어이 복판에서
길을 막아섰던 저들, 그리고 두 집단 사이에 이런 일이
벌어지고 있는 줄조차 모르든가, 알더라도 그게 내 밥
먹고사는 1989년 3월 27일 오늘 이 일상사와 어떻게 연
관이 있는지 도무지 관심머리가 없는 사람들이 결국에
는 다 공범의식을 느껴야 하는 것이 아닐까. 게다가 나
는 명색이, 남북작가회의 예비회담을 갖겠다고 나선
대표단을 지지·찬양·고무·동조하여 길을 떠났던 몸이

No answer. The silence seemed to last for a long time. It felt as if the urine I barely managed to hold in had evaporated all at once. The leisurely feeling I had, as if I was returning from a picnic, dissipated in an instant, and was replaced by something more complicated. I began reflecting on my attitude until now. I began to feel that I had to take responsibility, in whatever way, for this moment. Come to think of it, who wasn't responsible? Weren't we all partners in crime? Those of us who insisted on setting out in order to, at least, push our heels across the border even when we knew we'd be blocked; those who relentlessly blocked our way when they knew we couldn't easily get across the barbed wire even if we were allowed; and those who didn't know anything about any of this, or knew but had no interest in it, had no clue as to what it had to do with their everyday lives, their livelihoods on March 27th, 1989. I had set out that day to support, praise, encourage, and sympathize with the group of delegates who were going to attend a preliminary meeting for the Conference of Writers from South and North Korea.

I borrowed a cigarette from the poet Chae Ho-gi beside me. The jean standing in the passage next

었다.

옆에 앉은 채호기 시인한테 담배 한 개비를 빌렸다.
내 바로 옆 통로에 서 있는 청바지 한 명이 무전기를 든
제 동료에게 저 여자, '고삐'래 하고 나지막이 귀엣말을
건넸다.

차창 바깥으로 해는 몹시 밝았다. 신축 중인 건물 비
계 사이로 파란 하늘이 찢긴 채 눈에 들어왔다. 제법 우
람하다. 하긴 지금 있는 건물들만으로는 부족할 것이
다. 사람 사는 게 점점 각박해지니 별의별 사건 사고도
많이 늘어날 테고, 그에 따라 그런 사람들을 쫓아다니
고 잡아들이고 패고 조사하고 가두고 지키는 인력도 엄
청나게 늘어나야 할 터이다. 버스 주변에 그런 사람들
이 빼곡하게 둘러서 있었다. 방송국 취재차량과 아침부
터 줄곧 버스 뒤꽁무니를 맴돌던 신문사 승용차들이 그
들의 원 밖으로 좁은 마당을 완전히 점거한 꼴이었다.
다시금, 일이 예사롭지 않다는 생각이 머리 한구석을
파고들었다. 그렇다고 딱히 무어라고 설명할 수 있는
감정은 아니었다. 굳이 표현하자면 왜 이렇게 길 떠나
던 아침의 긴장감을 되느끼지 못할까 하는, 그러면서도
완전히 맥살이 풀리는 상태도 아니었다.

to me whispered to his colleague with a radio in his hand, "I heard she's the author of *Reins*."

The sun was shining bright outside the window. The blue sky, torn between scaffolds, caught my eyes. The building looked pretty substantial. It was true that they needed more buildings. As life got tougher, there must have been all kinds of incidents; and they must have needed a lot more people to chase, arrest, beat, interrogate, imprison, and guard those people involved in them. Those people were crowding around the bus right now. Station broadcasting vans and newspaper cars that had been following the bus since the morning were surrounding them, as if they were occupying the small yard of the police station. Again, I thought this was an unusual development. But then I couldn't explain my feelings clearly. If I had to explain, I would have asked why I couldn't feel the same kind of tense feeling I had had in the morning. But I didn't completely fall into low spirits, either.

Poet Ko Un, the vice president, stood up.

Reporters rushed toward the bus. Mr. Ko opened the window next to the seat right behind the driver. He was holding the prepared statement in his

부회장 고은 시인이 일어섰다.

기자들이 우르르 몰려들었다. 고은 시인이 운전기사 바로 뒷좌석의 창문을 열었다. 그의 손에서 미리 준비된 성명서가 들려 있었다.

"읽겠습니다. 그냥, 여기서. 남북작가회의 예비회담 원천봉쇄를 규탄한다!"

특유의 선동적이며 쩡쩡한 목소리였다.

"8·15 직후 조국의 분단을 눈앞에 두고 몸을 던져 절규하던 선열들의 목소리가 다시금 귓가에 쟁쟁히 되살아나는 듯한 오늘날, 우리는 온 민족의 통일 염원을 두 어깨에 짊어지고 남북작가회의에 나가고자 하였다. 이는 민족자주, 민족통일의 대의에 입각하여 민간 주도의 남북교류를 실현함으로써 영구분단을 거부하고 민중이 주체가 되는 진정한 평화통일의 길을 열고자 함이었다. 그러나 우리의 이러한 충정은 정부 당국에 의해 무참히 짓밟히고 말았다……."

사진기 플래시가 연방 터졌다. 나는 거의 반사적으로 고개를 돌렸다. 안 돼, 안 된다구. 어머니의 얼굴이 커다란 산처럼 눈앞을 가렸다.

hand.

"I'll read this here. We denounce the blocking of the preliminary meeting for the Conference of Writers from South and North Korea!"

His voice was characteristically incendiary and sonorous.

"Immediately after August 15th, 1945, our worthy predecessors tried to prevent the division of our country by protesting and sacrificing themselves. Their voices resonate today. This morning we set out to attend the Conference of Writers from South and North Korea in order to carry out our national wish for reunification. We reject permanent division and our goal is to open a road to truly peaceful re-unification between our people. In order to achieve this, we were on our way to accomplish civilian-initiated inter-Korean exchange for the great causes of national independence and reunification. But the authorities ruthlessly trampled our sincer-est intention..."

Cameras flashed. I turned my face almost auto-matically. "No, that can't be!" My mother's face blocked my view like an enormous mountain.

2

"직업은?"

나뉘어 대공3계로 끌려온 사람들의 인원점검이 끝나
자, 전혀 형사답잖게 생긴 사복 한 명이 조용한 목소리
로 이름과 직업을 확인하기 시작했다. 정식 대표단 다
섯 명을 비롯하여 대부분의 선배 문인들은 차에서 내리
자마자 다른 건물로 끌려갔기 때문에, 3계 사무실에는
젊은 축들이 주축을 이루고 있었다. 나로서는 처음 보
는 얼굴도 있었다. 하긴 광주항쟁 이후 기존의 등단 절
차를 거치지 않고도 당당하게 민족문학의 대열에 합류
한 작가며 시인 들이 얼마나 많은가. 이 사실만으로도
다른 어느 분야보다 '이름' 석 자를 중시하는 문학에 찾
아온 변화의 무게를 실감할 수 있는 일이었다. 빙 돌아
가며 한 사람씩 대답했다. 시인, 시인, 시인…….

"직업은?"

내 차례였다. 나는 목구멍에 가로 걸린 가래를 긁어내
듯 일부러 힘을 주어 대답했다.

"소설가요."

"소설가……."

2

"Your job?"

After roll call at the Anti-Communism Division Three, a plainclothes policeman, who didn't look like a detective at all, began writing down each person's name and occupation in a quiet voice. Since most of the elder writers, including five formal delegates, were taken to a different building as soon as we got off the bus, we at the Anti-Communism Division Three were mostly younger writers. Some of them were writers I had never met before. Well, how many fiction writers and poets after the Gwangju Uprising joined the national literature camp without going through all the established channels! This fact alone testified to the change that came to the literary world where one's name was the more important thing. We answered one after another: poet, poet, poet...

"Your job?"

It was my turn. I answered forcefully, as if I was coughing out phlegm stuck in my throat.

"Novelist."

"Novelist..."

The officer bent over deeply and pressed his pen

담당은 잔뜩 허리를 구부린 채 꾹꾹 눌러 소, 설, 가, 라고 썼다. 깨끗한 필치였다.

"그럼 다 됐나요? 총 십오 명…… 아니, 한 분이 빠졌구만."

담당은 고개를 들어 끌려와 의자에 앉아 있는 사람들을 훑어보았다. 그의 눈길이 출입구 쪽 한구석에 없는 듯 앉아 있는 시인 박용수 선생에게 가 꽂혔다. 나 역시 박 선생이 대공3계 사무실에 있었다는 사실을 비로소 알았다. 그는 못 들은 척 눈을 감은 채 팔짱을 끼고 앉아 있었다. 어휴, 기어코 따라오셨구만, 평론 쓰는 김명인이 혀를 차며 말했다. 동감이었다.

사실 도중에 얼마든지 빠져나갈 수 있었을 게다. 차 안에는 낯익은 출입기자들이 함께 타고 있었는데, 여우고개에서 차를 돌릴 때 나, 기자요, 하며 대충 그런 티만 내면 하차가 가능했기 때문이었다. 그런데도 떡을 주는 일이 아니라는 걸 익히 알고 있을 양반이 결국 그곳까지 따라온 것이었다.

그러고 보니 내가 앉은 바로 앞 책상 위에 박 선생의 사진기가 놓여 있었다. 예전에 보던 것이 아니었다. 제법 사진기 티가 나는 신품이었다. 예전에 그가 가지고

24

down hard to write "novelist." His handwriting was tidy.

"Is that it? Fifteen altogether," the officer said. He paused, "No, I missed one person."

The officer looked up and scanned all of us sitting on the benches. His glance stopped at Mr. Park Yong-su, the poet, sitting in a corner near the entrance as if he wasn't there. It was only then that I noticed him. He was sitting with his arms crossed and his eyes closed, as if he hadn't heard anything. "Geez, he had to come with us," Kim Myeong-in, the literary critic, said, clicking his tongue. I felt the exact same way.

He actually could have slipped away if he wanted to. Many familiar reporters were riding the bus with us, and they could have gotten off when the bus turned around at the Yeou Ridge, if only they came forward and told the authorities they were reporters. They didn't even have to show any documentation. Nevertheless, Park Yong-su stayed on and now he had eventually ended up here, even though he knew he wasn't going to get any preferential treatment as a reporter.

Then I saw that his camera was lying on top of the desk in front of me. It was different from what I

다니던 것은 말이 좋아 사진기지, 그런 걸 들고 도대체 무슨 용기가 나서 버젓하니 신문사 사진기자들 틈에 끼여 돌아다닐 수 있으랴 싶게 낡고 조그마한 자동카메라였다. 솔직히 말해, 나는 박 선생이 들고 다니던 그 구닥다리만 보면 화가 치솟곤 했다. 그것은 주로 내로라하는 민주인사들을 향한 분노였다. 그래 놓고도 말이 좋지, 민통련 보도실장이야?—그러나 따지고 보면 내게도 책임이 없는 건 아니었다. 이따금 사진을 찍히면서도 필름 값 한 번 제대로 건네준 적이 없었다. 그가 찍은 사진이 대개 공적인 목적을 위해 쓰이는 것이라 해도 마찬가지였다. 그렇다면 각 단체에서 돈을 모아서라도 그럴싸한 사진기 한 대쯤은 구해줬어야 하지 않았을까?

그러거나 말거나 박 선생은 한마디 불평이 없었다. 사실, 그는 말을 하지 못했다. 어렸을 적 심하게 앓고 난 후 귀가 멀었고, 자연히 말도 잊어갔다. 그런 그의 시집 제목이 〈바람 소리〉였다는 건 차라리 슬픈 일이었다. 그의 귀에는 아직도 풀끝을 스치는 바람 소리가 들리는 것일까?—그는 매우 부지런했다. 귀가 성한 사람들보다 몇 배나 빨리 소식을 들었고, 그때마다 그 낡은 사진

had seen before. It was brand new and looked pretty fancy. His old camera was a camera, all right, but a small automatic one that would have been really embarrassing for him to carry around among the other newspaper reporters. Frankly speaking, whenever I saw that old camera I got angry. I was mainly angry with so-called democracy movement personages: "You call him 'the head of the reporting department of the PADR (People's Association for Democratic Reunification)' with that camera?" But, thinking it over, I was responsible, too. I had never given him money. Even for film. And he had sometimes taken pictures for me. It was true that he had taken those pictures for official purposes. But then shouldn't we have collected money from each organization and bought him a decent camera?

Nevertheless, Mr. Park never complained. In fact, he couldn't speak. He lost his hearing after a severe illness during his childhood, and, gradually, lost his speaking ability as well. It was rather sad for me to see the title of his poetry book, *Sound of Wind*. Perhaps he could still hear the sound of wind touching the tips of grass? He was a very diligent man. He heard news much faster than someone with healthy ears and ran to the news scene with his old camera

기를 달랑 들고 소식의 현장에 달려갔다. 바로 얼마 전에도 명동 입구에서 박 선생을 만난 적이 있었다. 최루탄이 펑펑 터지는 시위 현장이었는데, 그는 어디서 났는지 방독면까지 쓰고 팔에는 '민통련 보도'라는 완장을 둘러차고 있었다. 물론 처음에야 박 선생인 줄 알 턱이 없었다. 남의 머리 터지는 현장을 유유자적 누비며 돌아다니는 먼 나라 외신기자쯤이나 되는 줄 알았다. 그래서 눈을 닦으며 지나치려는 순간에, 그의 털 부숭부숭한 손이 내 어깨를 잡았다. 그러더니 방독면을 벗으면서 즐거운 듯 미소를 지었다. 어버어어 하는 그의 입술은 맵쟈? 하고 약을 올리고 있었다. 헤, 맵긴요. 하나도 안 매운데, 에, 에, 에취!

"성함이 어떻게 되십니까?"

담당이 가까이 다가가 물었다. 박 선생은 아무런 대꾸가 없었다. 끌려온 사람들은 그가 '우리집' 사람이 아니라는 듯 짐짓 딴청을 부렸다.

"선생님, 성함이 뭐냐고요. 네?"

담당이 박 선생의 팔을 가볍게 건드렸다. 그제야 그가 눈을 떴다.

"직업은요?"

as soon as he heard. I met Mr. Park just a while ago at the entrance of Myeong-dong. He was at the demonstration, teargas bombs exploding every-where, wearing a gas mask–I wonder where he got it–and an armband with the "PADR Reporter" writ-ten on it. At first, of course, I didn't know it was Mr. Park. I thought he was a reporter from a foreign news agency, leisurely wandering around scenes of other people's brain-bashing fights. I was rubbing my eyes, about to pass by him, when his hairy hand caught my shoulder. He took off his gas mask, smiling. His lips were stammering, "Spicy?" he managed to say. "Hehe, what's spicy? I'm fine. A-a-choo!"

"What's your name, sir?" An officer was ap-proaching Mr. Park. Mr. Park didn't answer. We all looked the other way, as if saying that he didn't belong to "our house."

"Sir, what's your name, sir?"

The officer touched Mr. Park's arm. Mr. Park opened his eyes.

"What's your job?"

He couldn't answer of course. I began feeling al-most sorry for that good-natured officer. Should I intervene or not? The officer asked him again. Still

대답이 있을 턱이 없었다. 슬그머니 선량한 형사에게 미안한 생각이 들었다. 끼어들까 말까. 다시 물었다. 여전히 대답이 없었다. 담당은 답답하다는 듯 눈살을 약간 찌푸렸고, 3계 사무실 안에 있는 다른 동료들이 고개를 돌려 그쪽을 바라봤다.

"뭐야. 묵비권야?"

그중에서 가장 덩치가 우람해 보이는 사복 입은 사람이 지레 흥분해서 커다란 목소리로 참견했다.

"글쎄요, 통 대답을 안 하네요."

그때였다. 박 선생이 갑자기 주먹으로 책상을 내리쳤다. 담뱃갑이 훌쩍 떨어졌다. 무어라 호통을 쳤다. 사람들의 시선이 일제히 박 선생에게로 몰렸다. 우리가 들어오거나 말거나 관심 없다는 듯 줄곧 타자기만 두드려대고 있던 여사무원이 손을 멈췄다. 담당이 놀란 토끼눈으로 흠칫 물러섰다. 나는 박 선생이 내지르고 있는 호통의 내용을 웬만큼 옮겨 들을 수 있었다. 우리를 가둬? 우리가 무슨 잘못을 했길래—분명히 이런 소리였다.

잠시 후 소동이 끝났다.

누군가가 나서서 귀가 안 들리시는 분이라고 설명해주었기 때문이었다. 대공3계의 계장 이하 형사들이 허,

no answer. Annoyed, the officer knit his brows, and his colleagues in the office turned toward them.

"What's this? Right to remain silent?"

The most imposing plainclothesman intervened loudly, looking even more upset than the officer in charge.

"I don't know. He just doesn't answer."

At that moment, Mr. Park suddenly hit the desk with his fist. A cigarette pack fell. He shouted, his voice like thunder. Everyone stared at him. A female clerk, who kept on typing, regardless of whether we entered or not, stopped. The officer in charge stepped back, his eyes wide open. I could just understand what Mr. Park was saying. "You're detaining us? What crime did we commit?" He was clearly saying that.

The fuss was over soon.

Someone came forward to explain that he couldn't hear. Detectives and the head of the Anti-Communism Division Three clucked their tongues, "Oh, boy!" Then, the head of the division ordered Mr. Park and two other poets to be taken to another room.

"OK, now, let's begin one on one! Make sure to

참, 하며 혀를 찼고, 이어 계장의 지시로 박 선생은 다른 두 명의 시인들과 함께 다른 사무실로 끌려갔다.

"자, 이제 각자 하나씩 맡아서 시작하라구. 확실하게!"

계장이 자신의 위치를 그대로 담은 목소리로 지시를 내렸다. 형사들이 활기차게 움직였다. 개별 심문이 시작된 것이었다.

나는 사무실 안에 설치된 조그마한 심문실로 끌려 들어갔다. 한 평이 채 안 되는 방이었다. 등을 떠밀려 들어서는 순간, 훅 하고 가슴을 메우며 달겨드는 기분 나쁜 공기를 느낄 수 있었다. 책상이 하나 놓여 있었고, 사방의 벽과 천장에 온통 방음장치가 되어 있었다. 일이 심상찮을지도 모른다는 생각이 불쑥 덩치를 달리하여 머릿속을 후볐다. 다른 사람들과 함께 있을 때는 별로 느끼지 못했던 감정이었다.

담당은 나를 거기에 놔둔 채 아무 소리도 없이 문을 닫고 나갔다.

얼른 담배 한 개비를 꺼내 물었다.

연기가 빠질 구석이라곤 전혀 없었지만, 나도 몰래 손이 갔던 것이다. 한 모금 길게 들이마시면서, 이제 내가 있어야 하는 방 안을 좀 더 세밀하게 관찰하기 시작했

do it right!"

The head of the division ordered in an authoritarian voice. Detectives began moving around busily. The individual interrogation began.

I was led to a small interrogation room within the office. It was smaller than four square yards. The moment I was pushed inside, unpleasant air began overwhelming my lungs. There was a desk, and soundproof walls and ceiling. Suddenly the realization that this wouldn't be easy hit me hard. I hadn't felt this way when I was with others.

The officer left me alone without a word.

I immediately took a cigarette out and lit it.

It didn't look like there was a ventilator in the room, but I couldn't help it. Sucking in deeply, I began to examine the room. There were tattered cracks in the middle of the door. It looked as if somebody had randomly hit it. A thirty-watt incandescent lamp hung from the ceiling, constantly pouring down yellowish light. I knew that it never turned off and many people suffered under it like a bug. A *Reader's Digest,* its cover missing, lay facedown on the desk. It was an ugly sight. A white guy in a cowboy outfit was savoring a cigarette. The sun was setting far away behind him and a blond

다. 출입문은 안쪽 한가운데가 주먹으로 쳐서 아무렇게나 찢어진 듯 너덜거리는 균열이 나 있었다. 천장에는 당연히 30촉 백열전구가 달려 있어, 끊임없이 누르스름한 빛을 쏟아부었다. 나는 안다. 저 불빛이 꺼지는 적이 없다는 것을. 그리고 저 빛 아래 얼마나 많은 인간이 벌레처럼 괴로워했는가를. 책상 위에는 표지가 떨어져나간 『리더스 다이제스트』 한 권이 볼썽사나운 모습으로 엎어져 있었다. 카우보이 차림의 백인 사내가 은은한 석양 노을을 배경으로 맛있게 담배를 태우고 있으며, 하얀 드레스 차림의 금발 미녀가 요염한 표정으로 그를 쳐다봤다. 미친!—눈을 돌렸다. 하얀 방음벽에 촘촘한 구멍들이 나 있었다. 퍼뜩 가슴 저 밑바닥에서 여리지만, 서서히 자라나는 두려움의 파문을 느꼈다. 웬일일까? 저 촘촘한 그물코 같은 구멍들이 끝을 알 수 없는 깊이로 나를 빨아들이는 느낌이었다. 아냐, 겁낼 거 없어. 전혀 겁낼 일이 아니야. 내가 무슨 일을 했다고, 난 그저 조무래기에 불과해. 저들이 나를 어쩌지는 못할 거야. 또 그럴 필요도 없고…….

"아휴, 담배 좀 그만 피쇼. 이거야 꼭 기차 화통 속 같잖아."

beauty in a white dress was gazing at him seductively. *How crazy!* I turned my eyes away. There were dense holes in the soundproof walls. Suddenly, I began to feel very afraid. What was the matter? The pattern of dense holes, like the mesh on a net, seemed to be trapping me and dragging me down into a bottomless pit. *No, I shouldn't be afraid. I really shouldn't. What have I done? I'm just a follower. They won't do anything to me. They don't need to...*

"Geez! Please put that out! This room's like a smokestack!"

The door opened and the officer in charge entered. Unexpectedly, the stuffiness in my heart seemed to disappear. *Right, whatever the result, let's get it over with quickly.* I took the cigarette out of my mouth and put it out by rubbing it onto the sole of my shoe.

The interrogation began.

The officer placed a few forms and a ballpoint pen neatly on the desk.

"This is all a formality, so let's get it over with quickly."

"Ok, shoot!"

I thought of asking him to open the door, but

문이 살짝 열리면서 담당 수사관이 들어왔다. 답답했던 가슴이 오히려 확 뚫리는 기분이 들었다. 그래, 결과야 어떻게 되든 빨리만 끝내자. 나는 그때까지 물고 있던 담배를 신발 밑바닥으로 비벼 껐다.

심문이 시작되었다.

담당은 몇 장의 조서 용지와 볼펜을 가지런히 늘어놓았다.

"이거 뭐 형식적인 거니까. 빨리 끝내자구."

"그렇게 하죠, 뭐."

나는 저 문 좀 열어놓고 할 수 없냐고 부탁하려다 그만두었다. 공연히 꼬투리를 잡혀, 그나마의 자유로운 분위기라도 깨뜨리고 싶지 않았기 때문이었다.

"우선, 여기다 인적사항을 써요."

말이 어중간하게 오르락내리락했다. 나보다는 열 살쯤 위로 보였다. 그가 내민 용지를 훑어보았다. 본적, 생년월일, 직업, 가족관계…… 나는 차례차례 적어 내려갔다.

"오호, 결혼하셨구만."

"애도 있어요. 이제 곧 두 돌이 되는데."

"한창 이쁠 때겠네."

decided not to. I didn't want to give him an excuse to destroy however much leisurely atmosphere I was enjoying then.

"First, write your personal information here, please."

His manner of speech went back and forth between a polite and intimate style. He looked about ten years older than me. I skimmed the form he gave me. Permanent domicile, birthdate, job, family... I wrote them down one by one.

"Oh, you're married!" the officer suddenly exclaimed.

"I have a baby, too," I said. "He's going to turn two soon."

"He must be so lovely."

"He's a troublemaker. Quite a mischief-maker! You can't imagine what kind of mess it creates. Nothing survives him in his room." I said my last sentence in familiar speech.

"That's the fun of raising a kid. You wait until he gets a little older. Damn it, you don't know what they think of their parents! My! A Hong Kong actress, Joey Wong? Goodness, he's totally infatuated with her. He hasn't even grown hair under his nose yet... Is it surprising that he doesn't do well at

"말썽피울 때죠. 억수로. 그런 난리가 없어요. 방 안에 남아나는 물건이 없을 정도니까."

나는 슬쩍 말꼬리를 말며 대꾸했다.

"그게 다 자식 키우는 재미지, 뭐. 좀 더 커보라구. 이건 제 에미애비를 뭘로 아는지, 쳇. 아나? 홍콩의 무슨 배우, 왕조현? 아, 아예 홀랑 빠졌다구. 아직 코밑에 털도 안 난 놈이…… 그래 놓으니 공부를 잘할 게 뭐야."

"공부 잘해봐야 헛것입니다. 데모하는 놈들치고 공부 못하는 치 봤습니까? 아시겠지만……."

"하긴 그래."

나는 여유 있게 다시 담배를 꺼내 물었다. 담당이 라이터를 건네줬다.

"어지간히 골초로구만."

나는 그 말에는 대꾸를 하지 않은 채 계속 적어 내려갔다.

"여기, 재산란은 어떻게?"

"아, 거기, 집 있지?"

"집이야 있죠. 전세라 그렇지."

"그걸 쓰라구. 텔레비전, 냉장고, 세탁기 다 있을 테고."

school?"

"There's no use in doing well at school. Have you seen any demonstrators who didn't do well at school? I'm sure you know..."

"That's true."

I put a cigarette between my lips. He handed me a lighter.

"You're a serious chain-smoker."

I didn't respond to that and kept writing.

"Here, what am I supposed to write here for property?"

"Oh, that! You have a house, right?"

"I live in a house but it's leased."

"Just write that down. And you must have a TV, a refrigerator, and a washing machine."

I wrote honestly: Real estate; eight million *won*, and movable property; two million *won*.

"My, is that all you have?"

"Is it a sin to be poor?"

"Aren't writers rich? Kim Hong-shin, Yi Mun-yol..."

"It depends on what you write."

"So what kind of writing do you do?"

"The way people live in this land. At least I don't take off people's clothes in my writing."

나는 솔직하게 썼다. 부동산 팔백만 원. 동산 이백 정도.

"아니, 갖고 있는 재산이 이것밖에 안 돼여?"

"돈 없는 것도 죕니까?"

"글 쓰는 사람들은 잘살잖아. 김홍신이, 이문열이……."

"글도 글 나름이죠."

"대체 어떤 글을 쓰시는데?"

"살아가는 얘기죠, 이 땅의 사람들이. 최소한 옷 벗기는 글은 안 씁니다."

"어쭈, 자네도 민중 좋아해? NL파야?"

속으로 웃음이 픽 터져나오는 걸 억지로 참았다.

"난 그런 거 어려워서 모릅니다."

"속으로 다 알면서 괜히 이러는 거 아냐?"

슬그머니 위협조였다. 이럴 때일수록 정신을 다잡아야 한다고 다짐했다.

"괜히 생사람 잡지 마쇼. 우리야 순진한 글쟁이지 그이상도 그 이하도 아니니까요."

"그럼 판문점엔 왜 갔어?"

"아니, 누가 갔습니까? 중간에서 끌고 온 게 누군데."

"I see, you like people? Are you an NL-faction-ary?"

I tried hard to keep from bursting out laughing.

"I don't know what that word means."

"Aren't you pretending not to know?"

It was a thinly veiled threat. I told myself that I shouldn't fall into his trap.

"Don't accuse me of something I have no clue about. I'm an innocent writer—no more or no less."

"So, who went?"

"Who dragged us here?"

"Anyway, you tried to go, right?"

"What's wrong with that?"

"So, what happens if everyone tries to go?"

"Then, only those who have as much money as Chung Ju-yung can go?"

"The government has its role in this, right?"

I closed my mouth at that point. I began filling out the rest of the personal information. Previous convictions. My writing, smooth up until then, abruptly stopped. I stole a glance at the detective. Should I write or not?

"Be honest. We can check your record on the computer."

"I don't have any."

"좌우지간 가려고 했잖아."

"그게 무슨 잘못입니까?"

"너도나도 가겠다 나서면 어떡해?"

"그럼 정주영이 정도로 돈 있으면 되나요?"

"나라에서 할 일이 따로 있는 거 아냐."

나는 적당한 선에서 입을 다물어버렸다. 인적사항의 나머지 빈칸을 채워 나갔다. 전과기록. 잘 나가던 펜이 거기에서 딱 멈춰버렸다. 흘끔, 담당의 표정을 훔쳤다. 쓸까 말까.

"있으면 있는 대로 솔직하게 쓰쇼. 어차피 컴퓨터에 넣어보면 다 나오게 돼 있으니까."

"없어요."

나는 이 나라 통치자와 행정당국의 진실성을 시험해 보기로 했다.

"정말?"

"깨끗한 시민입니다."

담당은 더 이상 캐묻지 않았다. 인적사항에 대한 기술이 끝나자, 자술서를 써야 했다. 담당이 간단하게 불러 주었다. 본격적인 조서는 일문일답 형식으로 시작되었다. 앞부분은 민족문학작가회의와 관련된 질문이 대부

I decided to test their claims.

"Really?"

"I'm an innocent citizen."

The officer didn't pursue it further. After the personal information, I had to write a statement. The officer dictated simple sentences. Then, he drew up a report by questioning me. The first part was mostly about the Association of Writers for National Literature. He used the AWNL, the abbreviation of the name when he spoke, but when he wrote it in his report, he wrote its full name, although the way he spelled the name was consistently wrong. There were sample Q&As about each item on the sheet he was referring to. In fact, this incident would be, without a doubt, more difficult to handle for someone not used to this kind of interrogation in which specific actions were less important than the intention and ideological significance behind the actions. They took us into custody according to the order of their superiors, but we didn't commit any obviously illegal offense. They could charge us for attempted illegal escape, but we could argue that we intended to "protest" against the ban on going north rather than actually go north. As we hadn't actually gone, this made sense.

분이었다. 담당은 민족문학작가회의를 입으로는 '민작'이라고 줄여서 말했고, 조서에 쓸 때에는 '민족문학작가회'라고 '의' 자를 꼬박꼬박 빼고 썼다. 나는 나대로 또박또박 '의' 자를 붙여서 대답했다. 담당이 참고로 하는 질문요령 용지에는 문답의 모범사례가 낱낱이 적혀 있었다. 사실 이런 일을 별로 맡아보지 못한 자라면, 구체적인 행위보다는 그 배후의 의도와 이데올로기적 성향이 문제시되는 이번 사건과 같은 경우에 적잖이 곤혹스러울 게 뻔했다. 이들도 상부의 지시에 따라 우리를 일단 끌고는 왔지만 막상 근거로 삼을 위반사항이라는 게 분명하지 않았기 때문이었다. 실정법상으로 잠입탈출죄의 미수 부분에 해당한다고는 하지만, 우리 측 주장은 이왕 못 가게 된 이상 '가는' 데 목적이 있는 게 아니라 못 가게 한 데 대해 '항의하는' 데 그 의도가 있었다는 것이고, 과연 일인즉슨 그렇게 볼 수 있는 측면이 많았던 것이다. 만일 우리가 화염병을 던졌다거나 돌을 던졌다면 문제가 또 달랐을 것이고, 수사관들도 이렇게 곤혹스러워하지 않아도 될 일이었다. 화염병을 누가 만들었느냐, 어디서 만들었고, 몇 개를 던졌느냐, 돌멩이는 주먹만한 것이냐 아니면 수박만한 것이냐, 그걸 길바닥에

If we had thrown Molotov cocktails or rocks, this might have changed the situation. Then, the detectives wouldn't have had such a difficult time finding a charge against us. They could interrogate us about: who made Molotov cocktails? Where? How many of them did we throw? How big were the rocks? Fist-sized or watermelon-sized? Did we pick them up from the roadside, or did we prepare them ahead of time and bring them there? How many did we throw? Did we know when we were throwing them that they could hurt people? They were all about facts.

However, this incident was quite different. They couldn't even charge us for violating the Road Traffic Law, since they guarded us all the way without our request. Therefore, these petty officers had to wrangle with writers, intellectuals supposedly representative of our country, about criminal offences of an extremely abstract and ideological nature. Think about that! We were actually making our living with our meager three-inch long tongues, weren't we? It was really unclear how many intentions we had or how ambitious our intentions were.

"Damnit, why do I have to deal with these stupid

서 주워서 던졌느냐 아니면 일부러 준비해 와서 던졌느냐, 몇 개나 던졌느냐, 던지면서 그걸 맞으면 사람이 다칠 줄 알았느냐, 하는 등등만을 사실에 입각하여 캐내면 되기 때문이었다. 그런데 이번 일은 전혀 그런 사건과는 성질이 달랐다. 도로교통법을 위반했다고 하기도 어려운 것이 자기들이 청하지도 않은 호위를 내내 해주었기 때문이었다. 그러므로 일선의 말단 형사가 그래도 이 땅의 지성을 대표한다는 문인들을 대상으로—생각해보라! 우리는 그야말로 세 치 혀로 먹고사는 사람들이 아닌가!—의도와 목적과 견해 따위의 지극히 추상적이고 관념적인, 따라서 '몇 개를' 의도했는지, '얼마나 큰 크기의' 목적이었는지 하는 일체의 '범죄' 사실이 불분명한 일을 놓고 실랑이를 벌여야 하는 수밖에 없었다.

"에이, 뭐 이런 것까지 시시콜콜히 묻게 하는지……."

담당은 연방 투덜거리면서 조서를 작성해 나갔다. 도무지 그의 머릿속에서는 구체적인 '범죄'가 그림으로 명확하게 들어오지 않는 모양이었다. 한 항목마다 조서요령에 적힌 대로 물어볼 뿐이었다.

"그러니까 피의자는 민작의 설립 취지를 알면서도 적극적으로 가담했다는 말입니까?"

details..."

Complaining the whole time, the officer drew up the report. He didn't look as if he could capture a concrete image of the "crime." He just perfunctorily ticked off each question on the sheet.

"So you, the suspect, actively participated in the activities of the AWNL, even though you knew its mission, right?"

"Yes. I participated actively. There's no need to hesitate when it comes to helping national literature take root in this land, right?"

"Don't ask me! Just answer my questions. So, what would you, the suspect, say is the nature of the AWNL?"

"A very good one. I think it's a very honorable organization."

"Very good. Very honorable..."

Fortunately, the detective seemed to be writing exactly what I was dictating. I began stealing glances at the remaining questions.

Q: Are you, the suspect, aware of the government's efforts in gradually introducing democratic measures? (Lead to a negative answer.)

Q: (When the answer is negative) Why do you think

"그렇죠. 적극적으로. 이 땅에 올바른 민족문학의 뿌리를 내리게 하는 일에 주저할 필요가 없는 일 아닙니까?"

"나한테 묻지 마. 내가 묻는 대로만 대답하면 된다구. 에, 그러니까 피의자는 한마디로 민작의 성격이 어떤 것이라고 생각합니까?"

"아주 좋은 거죠. 매우 바람직한 단체고."

"아주 좋다. 매우 바람직한 것이고……."

담당은 고맙게도 내가 부르는 대로 정확하게 받아쓰고 있는 듯했다. 나는 슬금슬금 앞질러서 질문의 다음 항목들을 살펴보았다.

문: 피의자는 정부에서 민주화조치를 차례차례 진행시켜가고 있다는 사실을 알고 있나요? (부정적인 답 유도)

문: (부정적인 답일 때 한해) 어째서 그렇게 생각하나요? (자세하게 답변 요구)

문: 피의자는 정부의 통일원칙이 어떤 것인지 알고 있나요?

문: 피의자는 정부의 그러한 통일원칙에 대해 어떻게 생각하나요? (부정적인 답변 유도)

that? (Demand detailed answers.)

Q: Do you, the suspect, know what the governmental policy for reunification is?

Q: What is your, the suspect's, opinion about it? (Lead to a negative answer.)

Q: Do you, the suspect, also feel negatively about the government's policy that government be the only path in matters related to unification? (Negative)

Q: Why do you think that? Don't you think that random civilian conversations about unification benefit North Korea's strategy of communizing South Korea?

Q: (supplementary) Do you, the suspect, know about the North Korean unification strategy within its strategy of the communization of South Korea?

...

That was a net, an open, tightly knit net. They, no, their superiors who paid their salaries, demanded they tie us up tightly within the net. In the end, what was the net for? Suddenly, I felt ashamed of myself. Had I decided to attend this event as if I was going on a picnic, when this was the reality? Once they took me here, hadn't I simply looked on

문: 그러면 피의자는 통일 문제를 정부에서 단일화하여 처리하는 데 대하여서도 부정적입니까? (부정)

문: 왜 그렇게 생각하지요? 민간에서 중구난방으로 통일을 논의하는 게 북한의 대남 적화전략을 이롭게 하는 것이라고 생각하지는 않나요?

문: (보충) 피의자는 북한의 대남 적화전략 속의 통일 전략에 대해 알고 있나요?

……

그것은 그물이었다. 아주 노골적으로 작은 코의 그물. 이들은, 아니 이들에게 월급을 주는 상부는 우리를 그 그물 속에 단단히 옭아맬 것을 요구하고 있는 것이었다. 결국 그 그물이 노리는 것은 무엇일까?―나는 퍼뜩 나 자신이 부끄러워졌다. 이렇듯 냉혹한 게 현실인데, 나는 마치 소풍이라도 가는 듯이 이번 일에 임하지 않았던가? 게다가 일단 끌려와서도 가능하면 나는 조무래기에 불과하다는 생각으로 전혀 무책임하게 사태의 추이를 지켜보지 않았던가? 그물이 저렇게 촘촘한데, 어떻게 하면 저기 저 구멍 속으로 빠져나갈까 궁리만 하면서……. 과연 나는 이번 일에 책임이 없는 걸까?

from a distance, thinking that I was just some small fry not really involved in any of it? The net was so tightly knit! And was I just thinking about how I could slip away through one of those small holes? Was I really guilt free? My head began to hurt.

"Well, it looks as if this is the main part... Let's do it well." The officer, sitting close to the net, said. Having to cast a net for his livelihood, he didn't show the signs of joy children feel when they fish in a river with friends.

People live different ways.

3

"Hey, here he comes!"

The poet Lee Seung-cheol shouted in the midst of smoking outside the prison bars. All of us lying idly on the floor or leaning against the wall and talking with fellow writers turned our heads at once. We clapped and cheered. The poet Park Yong-su showed up behind the officer.

"Welcome! It must have been so rough for you!"

Mr. Yi Gi-hyeong rushed over near the prison bars and thrust out his hand. Guessing what was going on, Mr. Park waved his hand, embarrassed.

아무 일도 하지 않았을까? 그래서 '죄'가 없는 것일까? 나는 차츰 머릿속이 지끈거리며 쑤셔오는 것을 느꼈다.

"자, 이제부터가 본론인 모양인데…… 자, 잘해봅시다."

담당은 그물 앞으로 바짝 몸을 당겨 앉으며 말했다. 생계를 위해 그물질을 해야 하는 그의 얼굴에는 친구들을 불러 모아 천렵을 할 때와 같은 즐거움이라고는 한 터럭도 비치지 않았다.

사람은 여러 가지 방식으로 사는 것이었다.

3

"와, 온다!"

철창 밖에 나가 담배를 태우던 이승철 시인이 외쳤다. 그때까지 하릴없이 드러누워 있거나 벽에 기댄 채 동료와 이야기를 나누던 사람들이 일제히 고개를 돌렸다. 환호성과 함께 박수가 터져나왔다. 담당 형사가 앞장을 서고 박용수 시인이 뒤따라 걸어왔다.

"아이구, 수고했소."

이기형 선생이 얼른 철창가로 다가가 손을 내밀었다.

The incandescent light slid down his baldhead. Bulky Yi Seung-cheol, bulky and sweaty, scoped up Mr. Park and hugged him, reminding me of the fact that he was a pall bearer's son.

"Welcome, sir! I'm so glad you're back, haha!"

A police officer in charge of the prison, sitting next to a desk in the corridor, and an on duty combat police officer were staring at them. The police officer who came with Mr. Park finished the hand-over and returned.

The investigation was over. The women writers imprisoned in the next room stubbornly refused re-interrogation. Five delegates were interrogated for two days and Mr. Park, who insisted on his right to remain silent, came back. I, too, was briefly re-interrogated for my so-called fraudulent recording of my criminal record.

"What do you mean 'fraudulent recording'?"

"You didn't write your criminal record down. Why? It's all right here!"

The detective demanded that I "confess," thrusting the criminal record file he got from the National Police Headquarters in front of me. My criminal record concerned an offence that happened ten years ago during college, already nullified and

박 시인이 눈치로 짐작하고 멋쩍은 얼굴로 손을 흔들어 보였다. 홀렁 벗겨진 머리 위로 백열등 불빛이 반지르르 타고 넘었다. 커다란 덩치의 이승철이 전라남도 함평 목도꾼의 아들답게 지극히 땀냄새 나는 자세로 박 시인을 껴안았다.

"아이구, 선생님, 고생, 많으셨습니다. 허허."

복도 책상 맡에 앉아 있던 유치장 담당과 한 명의 당직 전경이 물끄러미 쳐다봤다. 박 시인을 데리고 온 담당은 인계를 끝내고 돌아갔다.

이제 모든 조사가 끝난 셈이었다. 옆방에 수감되어 있는 여성 문인들은 재조사를 끝까지 거부했고, 이틀에 걸쳐 조사를 받은 대표단 다섯 명과 처음부터 끝까지 묵비권을 행사한 박 시인도 돌아온 것이다. 나 역시 잠시 재조사를 받고 되돌아왔다. 전과 사실을 허위로 기재했다는 것 때문이었다.

"아니, 내가 무얼 허위로 기재했습니까?"

"있는 사실을 쓰지 않았잖아."

"전과 사실이 없으니까 그랬지요."

"없긴 왜 없어? 여기 이렇게 나와 있는데."

담당은 치안본부에 의뢰해 알아본 나의 전과기록 용

voided. I was detained for distributing a few leaf-lets demanding liberal democracy during the height of the Yushin Constitution period for violating Emergency Measure No. 9, which brazenly penal-ized anyone even critical of the government. But after the president, who had been wielding power with an iron fist, was shot to death, that dictatorial regime briefly staggered. So the Emergency Mea-sures were nullified and my case was dismissed and I was released. I didn't really have time to taste prison life.

"They said they would expunge it from my re-cord." I told the officers.

"Even so, you have to write about it, if it hap-pened."

"What? So, I still have a criminal record? How? The government released me and voided the charge..."

"Young man, this is just how life is. You're not being treated unfairly. And, if I may say so, if you don't want to be treated like this, then you shouldn't have done something like this."

"Something like this? What do you mean by that? Is it a crime to demand democracy against a fascist regime?"

지를 코앞에 대충 들이밀면서 '자백'을 강요했다. 그것은 이미 원인무효가 된 10년 전 대학 시절의 일이었다. 유신의 폭압이 극에 달하던 시절, 지극히 자유민주주의적 요구를 내세운 몇 장의 유인물을 뿌렸다는 이유로 당시에는 아직까지 저 서슬 푸른 위용을 자랑하며 살아 있던 대통령 긴급조치 제9호 위반 혐의로 감옥신세를 진 일이 있었다. 그렇지만 무소불위로 철권을 휘두르던 대통령이 총에 맞아 죽은 뒤, 오직 그 한 사람에게만 기대던 독재체제는 잠시 비틀거릴 수밖에 없었다. 따라서 긴급조치는 원인무효가 되었고, 나는 제대로 징역 맛도 보지 못한 채 긴급조치 해제와 동시에 면소판결을 받고 풀려났던 것이다.

"그건 이미 전과기록에서 삭제한다고 했는데요."

"그렇더라도 그런 사실이 있었다는 사실은 적어야 하는 거야."

"아니, 그럼 난 여전히 전과자란 말입니까? 나라에서 풀어주고 원인무효 시켜줄 때는 언제고……."

"허, 이 사람, 세상살이가 다 그런 거 아냐. 억울하게 생각할 거 없다구. 아닌 말루다 이런 대접 받는 게 싫다면 애초부터 그런 짓을 하지 않았으면 됐잖아."

"What's the point of telling that to me? Anyways, a law is a law, right?"

"So, are you saying that our independence fighters during the Japanese colonial period were all criminals?"

"Young man! Don't be stubborn! Besides, that's not it, right? I treated you well, so why weren't you more honest? Look, you didn't even change your ways after that. You were arrested by the security police later, weren't you?"

He uncovered another non-criminal criminal record of mine. During Reagan's visit to Korea, I was detained and interrogated briefly as a witness when the regime rounded everyone wanted for political reasons. I gave up quarreling with him. It was really absurd. It was also horrifying. Although the record should have been erased, the law punishing me lapsed with measures taken accordingly, they were taking advantage of anything from my past by preserving my record instead of erasing it. "Once a criminal always a criminal." On the surface, those words may have been invisible. But they were revived in bold letters whenever necessary and they restricted my everyday movements. How would it ever be possible for me to be free from them?

"그런 짓이라니, 그게 왜 그런 짓이요? 악독한 파쇼정권에 맞서 민주주의를 하자고 외친 게 어떻게 죄가 됩니까?"

"그걸 나한테 얘기해서 무슨 소용이 있나? 어쨌거나 법은 법이니까."

"그럼 일제시대에 일제의 식민지 통치에 맞서 싸운 독립운동가들도 여전히 죄인이란 말요?"

"허, 이 사람! 억지를 부리네. 자넨 그뿐만이 아니잖아. 사람이 대접을 해줬으면 솔직해야지. 이걸 봐. 자넨 그 후에도 개과천선하지 못하고 또다시 보안대까지 들어갔다 나왔잖아."

그는 레이건 방한 시 시국사건 수배자 일제검거의 포위망에 걸려 참고인 자격으로 잠시 조사를 받고 나온 '전과 아닌 전과'까지를 들추어냈다. 나는 더 이상 말다툼하기를 포기했다. 참으로 어이없는 일이었다. 그러면서 동시에 끔찍하기 이를 데 없는 일이기도 했다. 형식적으로는 나를 처벌했던 법 자체가 소멸함으로써, 또한 이후 여러 가지 후속조치들로 인해 전과기록 자체가 기록에서 삭제되었어야 마땅한데, 이들은 삭제했다는 사실을 기록에 다시 남김으로써 이번 일과 같은 때 유리

"Do you think you've been treated unfairly? You think you'll do differently when you guys hold power later? You'll be worse in order to pay us back. I don't think you'll be generous to us at all. This is, after all, a life-and-death struggle, you know."

He was right. In the end, I accepted all my criminal records. And I promised myself that I wouldn't ever forget them. You should get exactly what I got. While you would do it for the greed of a few, I would do it for the majority, the honest and righteous majority. That would be the difference between you and me. Reconciliation? Forgiveness? Too late! True reconciliation and true forgiveness was only possible when they were based in the truth.

The room came alive again. Canned drinks and fruit went around the room from hand to hand. It was night outside, but the prison cell was moving on an order of its own. Those of us who had to smoke outside in the corridor were now openly smoking inside. We realized we belonged to a new order. Since we had already violated the most significant, intimidating National Security Law, we couldn't care less about the prison rules. It would

하게 재사용하는 것이었다. 그러니까 한 번 죄인이면 영원한 죄인인 것이다. 그 낙인은 겉으로 눈에 띄지는 않는다. 그렇지만 필요할 때, 그것은 언제나 굵은 획으로 되살아나 나의 일상을 옥죄게 되는 것이다. 도대체 그로부터 벗어난다는 게 어찌 가능할 것인가!

"억울하게 생각 말라구. 나중에 자네들이 정권을 잡으면 다를 줄 아나? 우리한테 당한 분풀이로 더하면 더했지, 봐주진 않을 거 아냐. 이건 어차피 피차간에 목숨을 내걸고 하는 싸움이니까."

맞는 말이었다. 나는 결국 인정했다. 나의 전과 사실 일체를. 그러면서 속으로 다짐했다. 결코 용서하지 않으리라. 내가 당한 만큼, 당신들도 똑같이 당해야 한다고. 다만, 당신들이 소수의 욕심을 채우기 위해 그랬다면, 나는, 우리는 다수를 위해, 정직하고 올바른 다수를 위해 그럴 것이다. 그게 우리와 당신들의 다른 점이다. 화해? 용서?─이미 그건 때가 늦었다. 진정한 화해와 진정한 용서는 진실 위에 뿌리내릴 때 비로소 가능하기 때문이다.

방 안은 다시 활기를 띠기 시작했다. 면회를 다녀간 사람들이 넣어주고 간 음료수며 과일 등속이 손에서 손

be, at best, a misdemeanor, so what did we care?

When the situation turned this way, imprisonment didn't mean anything. We didn't even pretend to feel any regret. On the contrary, we felt even more energized as time passed. In fact, we had everything we needed. Sometimes, we even felt like we were going overboard. Our visitors smuggled in alcoholic drinks and we circulated them amongst us. But, then, when we thought about it, we didn't feel like we had done anything wrong. We hadn't committed any crimes. On the contrary, we deserved awards. If Koreans wanted to resume conversations between the South and the North, at a stalemate for whatever reasons, and advance the cause of national reunification, then wouldn't it be worth it to jumpstart it? Especially in the field of literature, a field in which our hearts could easily make connections? We didn't need any awards. We didn't do it for any awards. Still, they should have at least taken us back to where we started, "our house," the Office of the Association of Writers for National Literature. Instead we were imprisoned. If we obeyed their orders submissively, then it would have been as if we were acknowledging our guilt.

But as far as alcoholic drinks were concerned,

으로 돌았다. 밤은 벌써 이슥했지만, 유치장 안은 바깥의 세상이 어찌 돌아가는지와는 전혀 상관없이 나름대로의 질서 속에 움직여나가고 있었다. 처음에는 담당의 말대로 철창 밖 복도로 나가 담배를 태우던 사람들이 이제는 노골적으로 안에서 담배를 태우는 것도 그 안에서의 경험이 가르쳐준 새로운 질서에 속했다. 말하자면 그들의 말대로라면 법 중에서도 가장 엄격하고 서슬 푸른 국가보안법을 어긴 몸들이니, 이왕 버린 몸, 기껏해야 경범죄 위반밖에 안 될 유치장 규칙쯤이야 드러내놓고 어기겠다는 논리였다.

이렇게 되자 안에 갇혀 있다는 게 무의미했다. 사람들은 반성의 기미조차 보이지 않고 갈수록 활기를 뽐내었다. 사실 무엇 하나 부족한 게 없었기 때문이었다. 어떤 경우에는 갇혀 있는 우리 쪽이 해도 너무한다는 생각이 들 정도로 몰염치한 적도 없지 않았다. 면회 오는 사람들 편에 몰래 술을 들여와 돌아가며 홀짝홀짝 마시는 것이 그랬다. 그러나 따지고 보면 그것이 그리 문제 될 일은 아니었다. 우리는 잘못이 없다. 오히려 상을 받아야 했다. 어떤 이유로든 교착상태에 빠진 남북 간의 대화를 재개하고 민족의 통일을 앞당기려면, 특히 문학과

we didn't need any grand justifications. We just wanted to drink, which was how we always found ways to do it. Our captors didn't mind as long as we didn't make additional trouble.

"Hey, here's a cup of juice."

Mr. Cheong Su-nam, the novelist, was passing around paper cups. The wine was in a legal 1.5 ml soft drink bottle.

"Let's refresh ourselves with a few drinks, damn it! We're all writers, so why are some writers allowed to romp around Mt. Geumgang, while we're rotting away in this dirty cell? How are they better than us? Geez!"

In fact, we didn't anticipate this turn of events at all. That was why I didn't say anything special to my wife when I slipped out of my house early that morning.

"Well, we won't be able to go anyway. They'll be sure to block us before we cross the border," I told her.

"Still..."

"Don't worry. At worst, they might just dump us in the Nanjido Dumping Ground."

There was no doubt that they would block our way. Just a little while before, the NPDMA (National

같이 마음이 쉽게 이어질 수 있는 분야에서 물꼬를 트는 것도 권장해야 할 한 방책이 아닐까? 상은 주지 않아도 좋다. 그걸 바라고 한 일도 아니었으니까. 그렇다면 최소한 처음 우리가 떠났던 장소, 바로 '우리집'인 민족문학작가회의 사무실에 돌려보내 주었어야 하는 일이었다. 그런데 우리는 갇혔고, 갇힌 상태에서 저들의 요구대로 일일이 순응한다는 건 우리 스스로가 우리의 잘못을 인정하는 꼴이 될 터였다.

하지만 술에 관한 한, 꼭 그런 이유와 거창한 논리를 앞세울 필요는 없었다. 그저 마시고 싶으니 수를 부린 것뿐이다. 주정만 부리지 않으면 오히려 가두고 있는 쪽에서도 마다할 건 아니었다.

"어이, 주스 한 잔 마시게."

소설가 정수남 선배가 술잔을 돌렸다. 술은 1.5리터짜리 음료수병에 합법적으로 담겨 있었다.

"이런 식으로라도 기분 풀어야지. 다 같은 글쟁이면서 지금 누군 금강산 구경 가고 누군 누구만 못해서 이 더러운 골방에 처박혀 썩어야 하나. 젠장."

사실 일이 이렇게 될 줄은 전혀 예상하지 못했다. 그래서 새벽 일찍 집을 빠져나오면서도 아내에게 별다른

People's Democratic Movement Association) delegates had been turned back on their way to Panmunjom. And that wasn't all. The previous year, the combat police force unit's ironclad blockade frustrated college students in their attempts to leave for Panmunjom after holding a ceremony for the Conference of Students Between South and North Korea. Students were sometimes thrown into chicken-coop vans while resisting after tying up their bodies with their own hands. At other times, thousands of students lay on the ground in front of the Hongje subway station, all fired up with their collective yearning for reunification, while teargas bombs exploded and poured over them like hail. The trip we'd planned was as difficult and unlikely to succeed as these were. No, come to think of it, it might have all been completely impossible through and through.

This thought had been firmly lodged in my mind that morning. That was why I told my wife that we would, at worst, get dumped onto the Nanjido Dumping Ground even if our passage was blocked. That was a method the authorities had often used. I must have also secretly wanted the whole thing to end this way. To speak frankly, I did not want to go

부탁이나 당부를 해두지 않았다.

"뭐, 가기나 하겠어? 원천봉쇄되겠지."

"그래도……."

"걱정할 거 없다구. 기껏해야 난지도 쓰레기장에 떨어 뜨려 놓을까?"

원천봉쇄는 기정화된 사실이었다. 바로 얼마 전에도 전민련의 대표단이 판문점으로 가다가 차에 실린 채로 도중회차당한 선례가 있었기 때문이었다. 뿐만인가? 지난해에는 대학생들이 남북학생 회담 출정식을 치르고 판문점을 향해 떠났다가 전경들의 엄청난 철통저지에 막혀 뜻을 이루지 못한 적이 한두 번이 아니었다. 그때 학생들은 혹은 제 몸을 제 손으로 묶고 고스란히 닭장차 안으로 끌려 들어가거나, 혹은 홍제동 전철역 앞에서 수천 명이 길바닥에 드러누워 우박처럼 퍼붓는 최루탄 세례에도 아랑곳하지 않고 통일에의 염원을 불살랐던 것이다. 어쨌든 그만큼 어렵고 힘든 일이었다. 아니, 어찌 생각하면 도대체가 처음부터 끝까지 완벽하게 불가능한 일인지도 몰랐다.

이런 생각은 내 마음속에도 무시 못 할 부피로 자리잡고 있었다. 그리하여 한편으로는 걱정하는 아내에게

to prison again at my age. I was already leading the selfish life of the petit bourgeoisie I had been busy reproaching. I'd married, had a baby, was raising it, and had made a name as a novelist. So my life wasn't as hard as before, although I was still struggling financially...

But the biggest reason I secretly wanted to get turned back was to protect my mother. To my mother, I was still a volatile, unpredictable child, even though I'd married and had a child of my own. It was true that my attitude change after marrying considerably reduced my mother's worries. But her view of me hadn't changed much. Besides, she'd also borrowed a large sum of money from a relative to run a small noodle shop. The relative was a vice chairman of a district chapter of the ruling party, and my mother didn't want her son involved in any incident that would bother him. Naturally, mother would check up on me all the time, the only unpredictable one in her family during these troubled times. If my fuse was lit, my mother's already precarious blood pressure could easily shoot up. It was because of this that I tried very hard to avoid cameras.

Anyway, even from its planning stage, I wasn't

원천봉쇄당해 기껏해야 난지도 쓰레기장에 내버려질 거라고 말했던 것인데, 사실 그런 처리방식은 종종 사용되어 왔다. 그리고 다른 한편으로는 은근히 그 정도로만 일이 끝났으면 하고 바라는 심사도 없지 않았다. 솔직히 말해, 이 나이에 다시 들어가 징역을 살고 싶지는 않았다. 그런 내가 벌써 그토록 비난해 마지않던 프티 부르주아 계급의 이기주의적 생활방식을 뒤따르고 있는 데서 비롯하는 것이었다. 결혼을 하고 아이를 낳아 기르고 소설가로서 어느 정도 이름도 얻었겠다. 그에 따라 어렵긴 해도 사는 게 아무래도 예전만큼 팍팍하지는 않게 되었으니……. 그러나 가장 큰 이유는 어머니 때문이었다. 어머니의 입장에서 보면 나는 결혼을 해서 자식까지 낳았지만 여전히 어린애였고, 언제 터질지 모르는 뇌관과 같은 존재였다. 물론 결혼 이후 내가 보여준 생활태도로 인해 염려하는 정도는 많이 줄어들었다. 그렇지만 기본적으로 이러한 생각에는 변함이 없었다. 게다가 최근 들어 집의 형편상 어느 친척으로부터 돈도 꽤 빌렸고, 그 친척의 호의로 지금 하고 있는 분식점이라도 꾸릴 수 있게 된 어머니로서는 여당의 지구당 부위원장인 그 친척의 호의에 누를 끼칠 만한 일이

very excited about this event. When I first heard the news that the leaders of our organization had proposed a Conference of Writers Between South and North Korea, I openly scoffed at it. I criticized it, "Hmmm, the elders are using celebrity-ism again. They're just imitating others, when they know good and well that we won't succeed. They must think that we won't get hurt or lose simply by proposing."

When, on March 4th, the Association of Writers for National Literature proposed to the Chosun Writers Association that they would hold the Conference of Writers between South and North Korea, its preliminary meeting to be held in Panmunjom or in a third country on March 27th, I was only interested in the annual laborer wage struggles. Naturally, the elder' proposal sounded absurd. I couldn't understand why our leaders came forward to pursue this kind of superficially grand project. They hadn't shown any interest at all in issues related to laborers or farmers, issues on which people's livelihoods depended. I also thought this way of handling things by our elders was why younger writers couldn't get along with them.

At any rate, once proposed, I couldn't simply

있어서는 안 되었다. 자연히 세상이 어수선하다 싶으면 어머니는 언제 터질지 모르는 가족 내의 유일한 뇌관인 나를 끈질기게 단속하는 것이었다. 만일 그 뇌관에 불이라도 붙는다면, 가뜩이나 위태위태한 어머니의 혈압이 먼저 견디지 못하고 터져버릴 가능성이 높았다. 처음 경찰서에 끌려올 때 사진기자들의 플래시 세례를 애써 피한 것도 이 때문이었다.

그러나 다른 한편으로는 처음부터 이번 일에 대해 마뜩치 않게 생각했던 면도 작용했다. 처음 남북작가회담을 제의했다는 소식을 전해 들었을 때, 나는 드러내놓고 빈정거렸다. 흥, 노인네들이 이거 또 명망주의로 나가시는군. 안 될 일이라는 걸 번연히 알면서 괜히 남들이 하니까 우리도 한번 해보자고, 제안만 하는 건데 해서 손해 보거나 밑질 일도 없다는 식으로 나온다고 비판했다. 3월 4일 민족문학작가회의에서 북쪽의 조선작가동맹 중앙위원회 앞으로 남북작가회담을 제의하며 그를 위해 예비회담을 3월 27일 판문점이나 제3국에서 갖자고 발표했을 때, 내 관심은 온통 다가온 임투에 쏠려 있었다. 그러니 자연 그런 제의가 허황하게 들리지 않을 수 없었다. 평소 민중들의 먹고사는 문제가 걸려

stand by. I didn't like the way elders emphasized the "moral struggle," but I also opposed the way some youngsters just stood by or only criticized the elders behind their backs. That's why I set out one early morning after getting call, even when I had a lot of work to catch up on.

When I approached our organization's office, though, I began to feel something different sprouting from a corner of my heart. On the one hand, I was just anxious, but on the other I was also beginning to realize the significance and gravity of the event. There were already dozens of vans transporting combat police parked on both sides of the road near the Ahyeon Interchange. There were so many of them that I couldn't quite wrap my head around it. I couldn't understand why so many fully armed troops were mobilized so early in the morning to block a road that I took as if I was going on a picnic. But as soon as I saw the rows of fully armed forces blocking the road here and there, I finally realized that this was not going to be child's play, this was going to be no picnic. My heart began to beat while not even aware of it, and I got goosebumps along my arms and the nape of my neck. "Oh. This is reunification!" I thought.

있는 노동 문제나 농민 문제 등에는 이렇다 할 반응도 보이지 않고 있다가, 겉으로 보기에 그럴싸한 이런 일에만 바지를 걷어붙이고 나서는 심사를 도저히 이해할 수가 없었던 것이다. 자꾸 이런 식으로 나오니 젊은 작가들과 노인네들 사이에 거리감만 생긴다고 여기기도 했다.

어쨌든 일단 벌어진 일에 나 몰라라 할 수는 없었다. 이런 식으로 '명분싸움'에만 매달리는 노인네들도 못마땅했지만, 그렇다고 노인네들 중심의 모든 일에 대해서 뒷짐을 지거나 늘 뒷전에서 비난만 일삼는 젊은 일부의 시각에도 반대였기 때문이다. 그래서 전화 통고를 받고는 밀린 일감이 산더미 같은데도 불구하고 이른 새벽부터 길을 나섰던 것이다.

그런데 정작 사무실이 가까워 오면서 마음 한구석에 묘한 심리가 싹트기 시작했다. 한편으로 그건 불안감이었고, 다른 한편으로는 이 일의 중요성과 심각성을 인식하기 시작한 것이었다. 아현동 로터리께에는 이미 수십 대의 전경 수송차량들이 길 양쪽에 도열해 있었다. 정신이 바짝 들 정도의 규모였다. 내가 소풍 가듯이 나선 이 길을 막기 위해 저렇게 엄청난 병력이 이른 새벽

Luckily, they didn't block the path to our office. But I heard a couple of combat policemen talking on my way to the office.

"Boy, what a scene this early in the morning!"

"That's exactly how I felt. If they're writers, why don't they shut themselves inside their houses, idle away, and write? What's with all this damn fuss?"

"It's all because they have enough to eat. Reds don't wear some kind of special sticker, you know. They can go across the border if they want? Huh! That Hwang so-and-so turned out to be crimson red!"

"Well, let's send anyone who want to go over! They can go live there, shouting freedom and democracy all they want. Why don't we send all those SOBs there? I don't understand why we have to bother ourselves over them. If it were up to me, I'd simply..."

I felt dizzy. It was frightening. When they were talking like this, looking at me walking toward the office, it felt like they wanted to stab me in the belly right then and there, as if they were holding bamboo spears. It was clear that the atmosphere had changed overnight. I saw with my own eyes those shockingly supersized headlines in the

부터 동원되어야 하는지 이해가 가지 않았다. 그렇지만 완전무장한 진압복 차림으로 군데군데 길을 가로막고 서 있는 전경대를 보자, 이건 장난이 아니다, 소풍 가는 것도 아니다, 라는 생각이 들지 않을 수 없었다. 나도 몰래 가슴이 떨려오며 옷 바깥으로 드러난 목덜미며 팔뚝에 닭살마저 돋았다. 아, 이게 통일이구나 하는 느낌이었다.

다행히 사무실로 가는 길을 차단하지는 않았다. 그러나 조심조심 돌아가는 길목에서 나는 전경대들이 나누는 얘기를 들었다.

"어휴, 꼭두새벽부터 이게 뭔 고생인지."

"누가 아니래? 글쟁이들이면 집구석에 처박혀서 글이나 쓰고 딩까딩까할 것이지 이게 뭔 지랄야."

"그게 다 배지가 불러서 그래. 빨갱이가 따로 없어. 지들 맘대로 넘어가? 흥, 황 몬가 하는 놈도 이제 알고 봤더니 아주 시뻘건 놈이잖아."

"그래. 그런 놈들, 가고 싶으면 다 보내. 거기 가서 실컷 자유 외치고 민주주의 외치며 살라구 말야. 그런 새끼들은 다 보내버릴 거지 왜 이렇게 사서 고생인지, 쳇. 나 같으면 싸그리……."

newspapers I had seen some time ago.

"Reverend Mun Ik-hwan Visits North Korea."

"Mr. Hwang Sok-yong Appears to Be in Pyong-yang."

Each letter nudged at the depths of my heart. But it didn't awaken a dormant yearning for reunification. Rather, my apprehension about the inconveniences of all of this grew into a giant, suffocating feeling of anxiety. I finally realized how Reverend Mun's and Mr. Hwang's visits to North Korea were working as a stumbling block on our way to Panmunjom this morning. The combat police were openly hostile, and even the morning air, attacking my entire body, somehow felt sly and wet, creating a tension within me, a tension that would burst at any moment.

Why did we choose today of all days?

I couldn't turn around, though. Trying very hard to erase the faces of my wife, son, mother, Reverend Mun Ik-hwan, and Mr. Hwang Sok-yong, I sighed deeply and entered the office. And...

"Hello, please look here for a moment!" Somebody said from the corridor. We stopped chatting and looked at him.

"Everyone whose names I call, please come for-

눈앞이 아찔했다. 섬뜩한 느낌이었다. 그들은 손에 죽창이라도 들려 있으면 당장이라도 내 배를 쑤셔댈 듯이 사무실 쪽으로 걸어가는 나를 겨냥하여 이런 대화를 나눈 것이었다. 상황이 하루아침에 달라졌다는 것을 실감할 수 있었다. 내 눈앞에는 신문 지면을 가득 메웠던 그야말로 충격적이던 기사가 시커먼 초호 고딕활자체 그대로 떠올랐다.

'문익환 목사 북한 방문.'

'황석영 씨도 평양에 간 듯.'

그 글자 하나하나가 내 가슴속 깊은 데를 쿡쿡 쑤셔댔다. 그건 잠들어 있던 통일에 대한 열망을 불러일으키는 것이라기보다는, 이 엄청난 사건으로 인해 행여 내게 닥쳐올지도 모르는 당장의 불이익과 불편스러움을 거대한 불안감으로 증폭시켜놓았다. 나는 비로소 그들의 방북이 이 아침에 우리가 떠나야 하는 길에 어떤 장애물로 작용하고 있는가를 깨닫게 된 것이었다. 전경대들은 노골적으로 적의를 드러내고 있으며, 온몸에 다가오는 아침 공기조차 어딘가 모르게 음험하고 축축이 젖어 있어 금방이라도 뻥 하고 터져버릴 듯한 긴장감을 강요하고 있었다.

ward! Mr. Ko Un, Mr. Shin Gyeong-rim, Mr. Paik Nak-chung, Mr. Hyun Ki-young, and Mr. Kim Jin-kyeong. These five gentlemen, please!"

"What is this? Why are you calling them again?" We began talking amongst ourselves.

"It won't take long."

"It won't take long? Hey, you! Aren't we done with interrogations, yet?"

"This is bullshit! Damnit, how many times do we have to be interrogated? What else is there left to interrogate about anyways?"

People started getting up, upset.

"No! Don't go! Let's refuse to cooperate!"

"Even if you have to interrogate us, what time is it now anyway? Not only are you imprisoning the elderly in a place like this, but you're also taking them away! What are you trying to do, huh?"

"Please, gentlemen! Please cooperate!" The officer pleaded. "We aren't going to bed, either, are we?"

"No! Don't go, please!"

The commotion didn't look as if it would stop any time soon. In the next room, Ms. Yun Jeong-mo and Ms. Yu Si-chun began yelling. Young writers began to chant slogans. The officer rushed to make

하필이면 이날을 택했을까.

그렇지만 이미 되돌릴 수는 없는 발길이었다. 나는 눈앞에 아른거리는 아내와 아들놈과 어머니와 문익환 목사와 황석영 선배의 얼굴을 애써 지우며 숨을 한번 크게 쉬고 사무실로 들어갔던 것이다. 그리고,

"여기, 잠깐만 봐주세요."

복도에서 누가 말했다. 수사관인 모양이었다. 사람들은 다시 잡담을 그치고 그를 바라다보았다.

"제가 이름을 부르는 분들은 밖으로 나와 주십시오. 고은 씨, 신경림 씨, 백낙청 씨, 현기영 씨, 그리고 김진경 씨, 이상 다섯 분입니다."

"뭐요, 왜 다시 불러내요?"

사람들이 웅성거리기 시작했다.

"잠깐만이면 됩니다."

"잠깐이라니! 이보슈. 조사는 이미 끝난 거 아뇨?"

"말도 안 돼. 도대체 조사를 몇 번씩이나 하는 거야? 조사할 게 뭐 있기나 있어?"

사람들은 흥분하여 일어섰다.

"안 돼. 가지 말아요. 조사에 응하지 맙시다."

"조사를 할 게 있어도 그렇지, 지금이 도대체 몇 시

a phone call. A young, boyish-looking combat po-
liceman looked at us surprised. Someone demand-
ed, "Bring the chief! We can't cooperate with this
kind of interrogation!" The atmosphere in prison
was starting to boil over in the middle of night.

But a little later one of the delegates pleaded with
us, "Let's be quiet, please! Let's take pity on these
officers even if it means we'll have to suffer. We'll
cooperate this one more time, even if it's a trick."

The commotion ended soon after. Five delegates
put on their shoes, and went out through the door.
The light came down on their shoulders.

4

We lost our voices.

But we still shouted. We chanted slogans, chant-
ed them them, and yelled in the loudest voices
possible.

"Why Prison for the Conference of Writers!"

"Why Prison! Why Prison!"

"Abolish the National Security Law Blocking Our
Wish for Reunification!"

"Abolish! Abolish!"

By then the elders didn't make any mistakes

야? 나이 드신 분들 이런 데다 처박아두는 것만 해도 그
런데, 또 데리고 가서 어쩌자는 거야. 엉?"

"제발, 협조 좀 바랍니다. 저희들도 잠 못 자기는 마찬
가지 아닙니까?"

"안 돼. 가지 마세요."

소란은 좀처럼 그칠 것 같지 않았다. 옆방에서 윤정모
선배와 유시춘 선배가 고함을 지르기 시작했다. 젊은
문인들은 구호도 불러댔다. 담당이 황급하게 전화를 걸
었다. 아직 소년티를 벗지 못한 전경이 놀란 토끼눈으
로 바라봤다. 서장, 나와라! 이런 식의 조사에는 응할 수
없다!─아닌 밤중에 유치장 안은 물 끓듯 끓어오르기
시작했다. 잠시 후,

"여러분, 조용. 이 사람들이 불쌍하니 우리가 고생 좀
합시다. 이번 한 번만 속는 셈치고 조사를 받기로 하지
요."

결국 소동은 끝났다. 대표단 다섯 명은 담당이 따주는
철문을 나가 신발을 신었다. 그들의 어깨 위에 여전히
백열전등 불빛이 내려앉았다.

when they chanted. They had gotten pretty used to chanting, because they had done it throughout the night. They could also raise and lower the pitch of their voices smoothly when they repeated their words. The younger writers led the chanting, and then we, standing in three rows, repeated the demands in unison. We stamped on the wooden floor, alternating legs. The sound "bang bang" traveled up through our legs and amplified the throbbing in our hearts, which swept away all distracting thoughts and hesitation. Fighting was the only option we had then. It had been over forty-eight hours since we were taken into custody; they should have either arrested or released us.

But there was no response. The five delegates returned that morning after an overnight re-interrogation. After forty-eight hours there was no change in our situation.

"The Dictatorial Government in the Way of National Reunification Should Resign!"

"Resign! Resign!"

Bang, bang! The chanting continued along with our stamping. Mr. Kim Gyu-dong suddenly lunged forward. Mr. Kim, with his small body, held the prison bars and yelled, "You, bastards! Why are you

4

목이 쉬었다.

그렇지만 악을 쓰는 데는 지장이 없었다. 사람들은 저마다 낼 수 있는 가장 커다란 목소리로 구호를 외치고 복창하고 고함을 질렀다.

"작가회담 하자는데 유치장이 웬 말이냐!"

"웬 말이냐! 웬 말이냐!"

"통일염원 가로막는 국가보안법 철폐하라!"

"철폐하라! 철폐하라!"

이제 나이가 든 어른들도 실수하는 법이 없었다. 지난밤부터 간헐적으로 계속해온 터라, 꽤 익숙해졌던 것이다. 복창을 할 때 올리고 내리는 부분도 유연하게 넘어갔다. 젊은 축에서 돌아가며 선창을 했고, 그러면 세 줄로 늘어선 사람들이 일제히 요구사항을 따라 외치는 것이었다. 마룻장을 두 발로 번갈아가며 쿵쿵 차는 것도 좋은 효과가 있었다. 쿵쿵 울리는 소리는 구호를 외치는 저마다의 다리를 타고 올라와 심장의 고동을 증폭시켰고, 그것은 다시 일체의 주저함이나 잡념 따위를 깡그리 씻어내는 작용을 하였다. 이제 싸우는 길밖에 없

blocking the way to my hometown? What's wrong with taking down the barbed wires you installed to block the road? Is reunification a dream that we can never accomplish in our life time?" His small body was shaking. His hair, almost white, thick reading glasses, veinous thin wrists... Someone began singing, "Our wish is reunification/ it's reunification even in our dreams/ let's accomplish reunification/ with all our heart, reunification..." Our voices soon became teary. My eyes were also getting red, while I wasn't aware of it. Something felt like it was trapped in my throat. I couldn't sing along very well. I closed my eyes. I could feel tears gathering in my eyes. I couldn't wipe them off, feeling embarrassed. It wasn't because we were angry that we were yelling at the top of our lungs. We weren't venting our rage, when we stamped on the floor. I saw Mr. Kim Gyu-dong, at the age over sixty, climbing the cold prison bars like a monkey. I knew what his actions meant. He wasn't wearing a watch like everyone wore these days. We all knew that he had never worn a watch since he came south. Time had stopped for him. Since that day, his watch no longer pointed to time.

The singing continued.

었다. 구속을 하든지, 아니면 48시간을 넘겼으니 규정 대로 모두 석방하든지 해야 했다.

그러나 아무런 반응이 없었다. 지난밤 재조사를 받은 대표단 다섯 명은 오늘 아침에야 되돌아왔지만, 이렇다 할 상황의 변화 없이 48시간을 넘긴 것이었다.

"민족통일 가로막는 독재정권 물러가라!"

"물러가라! 물러가라!"

쿵쿵. 한꺼번에 발 구르는 소리와 함께 구호가 계속되 었다. 김규동 선생이 갑자기 앞으로 뛰쳐나갔다. 작은 몸피의 김 선생은 철창을 붙잡고 마구 고함을 질러댔 다. 이놈들아, 내 고향에 내가 가겠다는데 왜 막어? 너 희들이 가로막은 철조망을 우리들이 뜯어놓겠다는 게 잘못이야? 통일이, 우리 생전에 이루어질 수 없는 꿈이 야? 김 선생의 작은 몸이 부들부들 떨렸다. 백발이 다 된 머리. 도수 높은 돋보기안경, 핏줄이 드러나는 가냘 픈 손목. ─누군가가 노래를 부르기 시작했다. 우리의 소원은 통일 꿈에도 소원은 통일 이 정성 다해서 통일 통일을 이루자……. 사람들의 목소리는 금방 물기에 젖었다. 나도 몰래 눈시울이 붉어졌다. 목구멍에 탁 하 고 가로막히는 게 있었다. 제대로 노래를 따라 부를 수

"Without a care about love, fame, or name..."

Next to me, Mr. Yi Gi-hyeong was crying. *A poet over seventy years old... Ah, who said...that an old poet is a poet who writes poems even when he is old? What is a poem to him? What can it be, and what can't it be? Why is he imprisoned here and yelling in the middle of this enlightened and civilized capitalist world? Why is he crying? Why is he shouting in a hoarse voice for a reunification that can never be?*

The prison fight passed like a whirlwind.

We were all exhausted. Perhaps, because we had slept for two nights on cold floor without any decent blankets, one of us lay down as soon as he got to the floor. A comrade next to him covered him with a thin blanket. Outside, the officer in charge let out a sigh of relief. The face of the combat policeman who had come for his shift finally relaxed.

I must have fallen asleep.

I opened my eyes because of more commotion. A foul odor from the toilet attacked my nose. I couldn't see anything because of people standing in front of me. It looked as if someone had come to visit. I could see a face through a small gap between the people. It was a familiar face. He looked

없었다. 눈을 감았다. 찔끔, 눈물이 맺혔다. 창피해서, 닦을 수도 없었다. 분노가 아니었다. 우리가 고래고래 소리치는 건. 화풀이가 아니었다. 우리가 쉴 새 없이 마룻장을 쿵쿵 울리는 건. ―나는 보았다. 이순이 넘은 김규동 선생이 동물원의 원숭이처럼 차디찬 쇠창살을 타고 오르는 모습을. 나는 안다. 저 몸짓이 무엇을 뜻하는지. 김 선생의 손목에는 그 흔한 시계가 없었다. 사람들은 다 안다. 남으로 내려온 이래 그의 손목은 한 번도 시계를 차본 적이 없었다는 사실을. 시간은 멈추었다. 그날 이래로 김규동 선생의 시계는 더 이상 시간을 가리키지 않는 것이다.

노래는 계속 이어졌다.

"사랑도 명예도 이름도 남김없이……."

내 옆에 서 있는 이기형 선생의 눈에서 눈물이 흘러내렸다. 고희를 벌써 넘긴 시인. 아, 누가 그랬던가. 노시인이란 늙어서까지 시를 쓰는 사람이라고! 그의 시는 무엇일까? 무엇일 수 있고, 무엇일 수 없는가? 개명천지 이 살기 좋은 자본주의의 한복판에서 노시인은 왜 여기, 이렇게 갇혀 말도 안 되는 억지를, 떼깡을, 요구를 외치는 것일까? 눈물을 주룩주룩 흘리면서. 쉰 목소리

like a member of the PADR. *I wish it were Cheong Tae-chun!* Chong, the singer, visited us the first night. He sang for us outside the prison cell. My feelings then were indescribable...

"What? Are you serious?"

"Yes, it seems to be the case. I heard their decision was imminent. They seem to think that they have to take advantage of this chance. There doesn't seem to be any room for negotiation. It looks as if they mean to come down hard."

Everyone fell silent. The PADR visitor emerged. I took out a cigarette quickly and put it in my mouth. I thought, "I am Grade C," and then immediately felt ashamed. *Those classified as Grade A will remain in prison!* Everyone in the room understood this without saying it. Mr. Hyun Ki-young closed his eyes and leaned against the wall. Mr. Shin Gyeong-rim smiled, but his smile looked somewhat different from his ordinary one. I thought Mr. Park Tae-sun, classified as Grade C, might be joking, but he wasn't. Everyone went back to his corner. Some of us lay down and covered themselves with blankets. I felt weary. And then suddenly, a cold gust of wind arose hard inside a corner of my heart. The dimly lit incandescent lamp hung from the ceiling, and

로. 도저히 이룰 수 없는 통일을 왜 외치고 있는 것일까!

한바탕의 회오리처럼 소내투쟁은 지나갔다.

사람들은 지쳐 떨어졌다. 이틀 밤을 차가운 마룻바닥에서 담요도 제대로 덮지 못하고 잔 탓일까? 앉자마자 드러눕는 사람도 있었다. 옆의 동료가 누운 그에게 얇은 담요를 덮어주었다. 철창 바깥에서 담당이 안도의 한숨을 내쉬었다. 교대하여 들어온 전경이 그제야 상기됐던 얼굴을 폈다.

깜빡 잠이 들었던가.

나는 소란스러움 때문에 눈을 떴다. 옆에 있는 삥끼통에서 고약한 냄새가 코를 찔렀다. 사람들이 눈앞을 가로막았다. 누군가가 또 면회를 온 모양이었다. 살짝 열린 틈으로 면회 온 사람의 얼굴이 보였다. 낯익은 얼굴. 아마 전민련 사람인 듯싶었다. 정태춘이나 오지. 가수 정태춘이 첫날 저녁에 다녀갔다. 그는 유치장 밖에서 우리를 위해 노래를 불러주었다. 그 기분은 말로 설명하기 어려울 정도였는데…….

"아니, 그게 정말이야?"

"예, 그런가 봐요. 거의 확정적인 모양이에요. 이번에 기회를 잡았다 싶은지 틈이 보이질 않아요. 세게 몰아

the sound of running water continued from the toilet.

A little later, the PADR person returned.

"Here it is, sir."

Mr. Ko Un received a small package.

"Huh, looks like I'm wearing this again. I thought the winter was over..."

Mr. Ko removed a pair of underwear. It was the kind the TV advertised that came with a pocket of warm air. It looked like it would back up the commercial's claim.

"You'll have to keep wearing it. It doesn't look like the spring has come yet, hehe!"

Mr. Shin Gyeong-rim, the poet, also got a pair, and smiled.

"This looks a little big for me. But I guess I'll have to wear it anyway," Mr. Shin measured it against his body, modeling it for all of us. All five delegates got a pair. Mr. Ko Un began taking off his clothes. We could see his thin upper body, wearing nothing but an undershirt. Then there was Mr. Paik Nak-chung's white flesh, and Mr. Shin Gyeong-rim's small body under the dim light.

"Jin-kyeong, you should wear one, too! A young man should also take care of his body."

치겠죠."

사람들이 입을 다물었다. 전민련 관계자의 모습이 크게 드러났다. 나는 얼른 담배를 꺼내 물었다. 나는 C급인데, 하는 알량한 속셈이 스스로를 부끄럽게 만들었다. A급은 구속이다! ―어느새 방 안에는 암묵적인 합의가 이루어졌다. 현기영 선생이 벽에 등을 기댄 채로 눈을 감았다. 신경림 선생은 웃긴 웃는데 어딘가 평소의 그 쾌활하던 웃음과는 사뭇 거리가 있었다. C급으로 분류된 박태순 선생이 한마디 농담이라도 걸까 싶었다. 그러나, 아니었다. 이제 사람들은 자리로 되돌아와 앉았다. 담요를 덮고 길게 드러눕는 사람도 있었다. 피곤했다. 그리고 가슴 한구석에 느닷없이 찬바람이 몰아쳤다. 천장에 매달린 백열전구가 흐릿한 불빛을 겨우 뿌리고 있었으며, 뺑끼통에서는 쉴 새 없이 졸졸졸 물 흐르는 소리가 들렸다.

얼마 후, 아까 왔던 전민련 사람이 다시 들어왔다.

"여기 가져왔어요."

고은 선생이 그걸 받았다.

"헤, 이걸 또 입게 됐네. 겨울이 다 갔는 줄 알았더니……."

"Yes, sir."

"Don't you envy us, Mr. Yi Gi-hyeong?"

Mr. Shin Gyeong-rim laughed at Mr. Yi. Mr. Yi stared at them sadly from the corner of the cell. He waved his bony hand feebly. Teardrops briefly glinted around his wrinkled eyes. His eyes were bloodshot like pomegranate. Was it because he, an elderly man, couldn't sleep a wink?

"Anybody else want underwear?"

Nobody. Except for the delegates, the rest, Grades B and C, just stared at those classified as Grade A, changing. Only then, I realized that this seemed like a pretty comic scene. But nobody could laugh. I also thought, *This isn't different from the outcry of workers who arose in Ulsan, Geoje, Machang, Gumi, Bupyeong, and Guro. What is reunification? It's hitting a rock with an egg. It's hitting it over and over again. It's eggs breaking again and again, becoming a part of bibimbop mixed with egg whites and yokes. It's what makes me shudder at the thought that I escaped, that I was glad to have escaped. It's closing my eyes and forgetting the faces of my mother, wife and child. It's loving them ten times and hundred times more while forgetting them. It's waiting for the day of love.*

I leaned back and put my head up against the

고 선생이 손으로 꺼내 보인 것은 텔레비전에서 선전을 하는 따뜻한 공기층이 있다는 메리야스였다. 한눈에도 그렇겠다 싶었다.

"자꾸 입어얄 걸요. 아직 봄이 온 게 아닌 모양이니, 헤."

신경림 시인이 그중 하나를 받아들면서 미소를 지어 보였다.

"이건 큰데. 그래도 할 수 없지. 입으라면 입어야지."

신 선생이 몸에 대보면서 다시 농담처럼 한마디 던졌다. 이제 대표단 다섯 명은 한 벌씩 나누어 받았다. 고은 선생이 제일 먼저 옷을 벗기 시작했다. 러닝셔츠 바람의 윗몸이 허술한 채로 드러났다. 백낙청 선생의 하얀 속살이 눈에 들어왔고, 신경림 선생의 작은 체구가 흐릿한 불빛 아래 완연히 그 전모를 드러냈다.

"진경이도 입게. 젊을수록 몸조심해야 하는 거야."

"그래야죠."

"부럽죠. 이기형 선생님?"

신경림 시인이 방구석께 앉아 쓸쓸한 눈빛으로 바라보고 있던 이 선생에게 농을 걸었다. 이 선생이 갈퀴같이 여윈 손을 힘없이 내저었다. 그의 주름진 눈가에 얼

wall. The light bulb hanging from the dark ceiling poured dim light. I swallowed a lump deep into my throat without thinking.

"If wearing this brings reunification, I won't mind wearing it in midsummer heat, hehe!"

It was Mr. Ko Un, the officiant for my wedding.

Translated by Jeon Seung-hee

핏 눈물방울이 내비쳤다. 노인네라 밤새도록 잠을 못 이루고 거의 뜬눈으로 날을 밝히곤 했기 때문일까? 그의 눈이 석류처럼 빨갛게 충혈되어 있었다.

"누구 또 입고 싶은 사람 없나?"

없었다. 대표단을 제외한 나머지 사람들은 B급, C급답게 조용히 A급이 옷 갈아입는 모습만을 바라볼 뿐이었다. 나는 그제야 알았다. 이건 분명히 한 편의 만화라는 걸. 그렇지만 아무도 웃을 수 없는 만화의 한 장면이었다. 그리고 나는 또 생각했다. 이것이 결국에는 저 울산에서, 거제에서, 마창에서, 구미에서, 부평에서, 구로에서 노도와 같이 몰아치는 노동자들의 함성과 다를 게 무어란 말인가. 통일은 무엇인가. 그건 달걀로 바위를 치는 것이다. 자꾸자꾸 치는 것이다. 깨지고 또 깨지고 하면서 노른자 흰자 할 것 없이 우르르 한 덩어리 비빔밥이 되는 것이다. 그리하여 사람들의 마음을 하나로 묶는 어떤 것—나는 아니라고, 나는 아니어서 안심했다고 휴우 하는 생각을 진저리치도록 부끄럽게 만드는 바로 그것이다. 어머니와 아내와 자식새끼의 삼삼한 얼굴을 두 눈 딱 감고 잊어버리는 것이다. 잊으면서 열곱 백곱으로 사랑하는 것이다. 사랑할 날을 기다리는 것이다.

고개를 뒤로 젖혔다. 시커먼 천장에 매달린 알전구가 어릿어릿한 불빛을 쏟아부었다. 꿀꺽, 나도 몰래 마른 침 한 덩어리를 목구멍 깊숙이 내리삼켰다.

"이래서 통일만 된다면야, 한여름 삼복더위엔들 못 껴입겠나, 헤."

내 주례를 서준 고은 선생이었다.

속옷, 아시아, 2014

해설

Afterword

어느 따뜻했던 봄날의 낭만적 우화

김명인 (문학평론가)

대한민국은 분단국가다. 이 말은 맞는 말이기도 하고 틀린 말이기도 하다. 한반도 전체를 하나의 국가, 즉 대한민국의 영토로 본다면 그 북쪽 절반을 이념과 체제가 다른 또 하나의 '집단'(공식적으로는 반국가단체이면서도 국가를 참칭하는 '조선민주주의인민공화국')이 점령하고 있으니 한국이 분단국가라는 말은 맞는 말이 된다. 하지만 그 '반국가단체'인 조선민주주의인민공화국이 국제연합의 당당한 회원국이며 사실상 남쪽의 대한민국 정부도 그런 사실을 전제하고 그들을 외교 대상으로 대우한다. 그렇다면 대한민국이 분단국가라는 말은 틀린 말이다. 대신 한반도는 대한민국과 조선민주주의인민공화국의

A Romantic Fable about the Good Old Days

Kim Myeong-in (literary critic)

The Republic of Korea is a divided country—this statement is both true and false. If we take the entire Korean peninsula to be only the Republic of Korea, then Korea *is* a divided country. A "treasonous group" claiming to be the Democratic Republic of Korea occupies half of its territory. But that "treasonous group" is an officially recognized member of the United Nations. The South Korean government even treats it as such diplomatically. In that sense, the above statement is false. Instead, we should say that the Korean peninsula is divided into two countries: the Republic of Korea and the Democratic Republic of Korea. But, neither South

두 국가로 분단되어 있다고 해야 할 것이다. 하지만 남북의 누구도 이 두 국가가 별개의 독립된 국가라고 인정하기를 싫어한다. 그래서 남북 각각의 이 임시국가를 일컬어 남쪽에서는 남한과 북한이라 부르고 북쪽에서는 북조선과 남조선이라고 부른다.

어쨌든 대한민국의 구성원들은 (아마도 조선민주주의인민공화국의 구성원들도) 이 분단되어 있다는 상황이 불편하고 힘겹다. 그것은 이 분단이 우리 내부의 필요와 논리에 의해서가 아니라 강제된 국제 질서의 소산이라는 점에서 연유한다. 그것은 마치 한 가족이 어느 날 갑자기 분리되어 더 이상 만나지 못하게 된 것이나 마찬가지로 인식된다. 그것은 강제된 분단이고 강제된 이산인 것이다. 그래서 어떻게든 남북의 평화와 통일을 위한 노력을 통해 이 불편과 고통을 해소하려는 온갖 노력이 분단 이후 60년 넘게 계속되어 오고 있다. 비록 최근에는 보수적인 남한정부의 대북적대정책에 의해 남북관계가 얼어붙어 이러다가 정말 서로 딴 나라로 영영 갈라서는 게 아닌가 하는 착각 아닌 착각을 하게도 되지만 이는 한시적 현상일 뿐 장기적으로 남북은 통일, 아니면 적어도 평화적 공존과 교류를 위한 노력을 하지

Korea nor North Korea are willing to accept this fact, that is, the existence and sovereignty of the two nations. That is why both choose to indicate the temporary state of their current situation by calling each other simply South and North Korea, or South and North Choson.

At any rate, to the citizens of the Republic of Korea (and probably, to citizens of the Democratic Republic of Korea) this divided system is uncomfortable and difficult. This sense of discomfort is related to the fact that their division was forced upon them by postwar international superpowers rather than brought about by any kind of internal necessity or logic. This division is, to Koreans, like family members suddenly finding themselves unable to meet each other overnight. That is why people have been trying so hard to bring about a peaceful re-unification for the almost sixty years since the country was divided in 1945. Recently, the South Korean government's conservative policies concerning their relations with North Korea have led to a freeze in South-North Korean relationship talks. This has worried many about the possibility of the division system becoming further solidified. But generally people know well that this should only

않으면 양쪽 다 온전한 희망적인 미래를 기약할 수 없다는 사실을 잘 알고 있다.

한국 문학은 바로 이런 강제된 분단과 이산의 뼈아픈 경험에 대한 적극적인 형상화를 통해 끊임없이 분단 극복의 포기할 수 없는 당위성을 강력하게 환기시켜왔다. 그리고 세월이 갈수록 분단의 폐해를 직접 체험한 세대가 점점 사라져감에 따라 분단은 문학의 일상적 제재로 취급되기 어려워지고 있기는 하지만 남한 사회의 많은 모순과 문제들이 근원적으로 분단 상황에서 연유하기 때문에 이 주제는 앞으로도 진지한 한국 문학에게는 여전히 도전적인 주제로 계속 존재할 것이다.

여기 소개하는 김남일의 단편 「속옷」은 한국 문학에서 분단/이산을 주제로 한 문학전통의 흐름 속에 있으면서도 제재면에서는 상당히 독특한 작품이다. 대개의 분단/이산을 주제로 한 작품들이 분단으로 인한 가족의 이산, 이념 대립으로 인한 공동체의 파괴와 개인사의 파탄 등을 다루는 데 반해, 이 작품은 분단 이후 최초로 남북한의 작가들에 의해 이루어졌던 분단 극복의 시도라는 역사적인 사건을 실록적 기법을 대폭 사용하여 담담하게 기록하고 있기 때문이다.

be a temporary setback and that either side cannot secure any hope for its own future without making efforts to peacefully co-exist and interact with the other side.

Korean literature has always produced great works that depicted the painful experiences that resulted from the forced division of the country and the subsequent separation of Korean families. These works have served as strong reminders of the absolute necessity for Koreans to overcome the country's division. But as time has gone by, the generations that directly experienced the war and the division of the country are disappearing. Nevertheless, since the division of peninsula lies at the heart of many of the social contradictions and problems in contemporary South Korea, it will remain a vital theme for serious Korean writers for the time being.

Kim Nam-il's "Underwear" deals with a rather unique subject matter while still belonging to this tradition of literature that deals with family separation and the Korea's division. While most works have dealt with the destruction of community and ruptures in personal history, this work is report on a real historical event, the first full-fledged attempt

1989년 3월 27일 오전, 민족문학작가회의(현재의 한국 문학작가회의) 소속의 문인 27명이 대절한 버스를 타고 남북 작가들 간에 이미 논의가 진행되어 오던 남북한작 가회담의 예비회담에 참가하기 위해 회담장으로 정한 판문점으로 출발했다. 하지만 그 전해에 있었던 6월 민 주항쟁 이후 봇물처럼 터져나오기 시작한 각계각층의 민간 차원의 남북 접촉 시도에 위기를 느낀 정부 당국 은 이 회담을 불허하기로 하고 파주 부근에서 강제로 버스를 회차시키고 이들을 모두 마포경찰서 유치장에 이틀간 구금한 후 이 중에서 고은, 백낙청, 신경림, 현기 영, 김진경 등 대표단 다섯 명을 구속기소 처분하기로 하였다.

단편 「속옷」은 바로 이 초유의 문인 집단구금 사건을 제재로 삼은 작품이다. 작가 스스로가 27인의 문인 중 한 사람이었기에 그 실록적 세밀성을 확실히 보장받고 있다. 이 작품은 우선 그날 파주에서 회차한 버스가 마 포경찰서로 직행한 뒤 그 27명의 문인들이 유치장에 구 금되고 조사를 받으면서도 이 집단연행과 구금에 대해 저항하고 자신들의 행동을 불법화하려는 모든 법적 시 도를 인정하지 않고 처음부터 부정하려는 문인들의 자

by writers of both Koreas to overcome the country's forced split.

On the morning of March 27, 1989, twenty-seven members of the Association of Writers for National Literature (currently, Writers Association of Korea) headed to Panmunjom on a charter bus to attend the preliminary meeting for the Conference of Writers from South and North Korea. However, the authorities decided to prevent this meeting from ever happening and forced the bus to turn around near Paju. At the time, the South Korean government was making extreme efforts to halt any civilian attempts at South-North dialogue since the June Democracy Movement in 1987. For this reason, they took in all the writers on the bus and imprisoned them in the holding cell of a police station in Mapo, Seoul for two days. In the end, they arrested and indicted five representatives of the Association: Ko Un, Paik Nak-chung, Shin Gyeong-rim, Hyun Ki-young, and Kim Jin-gyeong. Although not included in this indictment, Kim Nam-il was one of the detainees in this unprecedented group detention. As such, the details and descriptions of the events in "Underwear" come across as uniquely authentic.

Despite its serious subject matter, "Underwear"

유분방한 카니발적 행동들을 다소 낭만적인 필치로 그려냄으로써 남북관계와 통일논의를 독점하고자 하는 지배정권의 기도를 하나의 희화로 전락시키는 효과를 자아낸다.

여기까지라면 이 작품은 하나의 풍자적 에피소드로 끝날 것이다. 하지만 이 작품은 한걸음 더 나아가 이 희화적이고 카니발적인 상황의 종국이 대표단 다섯 명의 구속기소라는 예상외의 강경조치로 기울어지는 상황에 이르러서는 이 땅에서 분단을 극복하고 평화통일을 이루어야 한다는 당위적 명제의 실천이 현실 속에서는 얼마나 힘겨운 일이고 또 그에 값하는 나날의 헌신과 희생을 요구하는 일인가를 독자들로 하여금 엄숙하게 자각하게끔 한다.

그럼에도 불구하고 남북관계가 그 시절보다도 훨씬 더 경색되어 있는 지금의 상황에서 보면 이 작품 속의 상황은 마치 좋았던 옛 시절의 낭만적 우화처럼 느껴진다. 아마도 오늘날의 상황에서 다시 문인 수십 명이 남북 작가끼리 만나야 한다고 판문점으로 가겠다고 한다면 다 미쳤다고들 할 것이다. 하지만 적어도 이 「속옷」의 이야기가 가능했던 1989년 무렵에는 그것은 미친 짓

does not come across as a harrowing historical memoir. From the beginning on, the twenty-seven writers, detained en masse and interrogated individually, completely deny the legitimacy of all legal measures that discredit their effort towards breaking the division system. But their protests are romantically unrestrained and vaudevillian. As a result, the regime's attempt to monopolize reunification discussion becomes subject of satire or parody.

"Underwear," however, is not a simple satire, either. Its ending, in which the comic and vaudevillian comes to an unexpectedly harsh conclusion— the five Association representatives arrested and indicted—reminds its readers of the difficulties that lie ahead on the road to overcoming the division of Korea and achieving reunification. It is undoubtedly, a task that requires grave devotion and sacrifice.

Nevertheless, seen from the standpoint of these recent years, the relationship between the two Koreas being much tenser than in "Underwear," this story almost feels like a romantic fable about the good old days. If twenty or thirty South Korean writers tried to go to Panmunjom for a conference with North Korean writers today, people would

이 아니라 얼마든지 있을 수 있는 일이었다. 우화도 희화도 불가능한, 그리하여 문학조차 설 자리가 사라져버린 오늘의 현실에서 이 작품은 하나의 꿈처럼 추억처럼 아련하기만 하다.

most likely just call them crazy. However, in 1989 it was not a crazy thing to try at all. Sadly, it has become impossible to allegorize or satirize anything these days, and therefore, it is also practically impossible to do this in literature. For how much longer will even the not-so-desirable reality of this story remain just a dream or memory?

비평의 목소리

Critical Acclaim

체험과 취재를 무엇보다 소중한 창작의 비법으로 여기는 김남일의 소설은 우리 시대의 산문 중 가장 실록에 가깝다. 그의 소설은 바로 작가 자신의 숨김없는 삶의 반영이자 행동반경이며 사회와 역사를 바라보는 시각인 동시에 미래를 향한 지향성의 표현이기도 하다. 우리 시대와 자신에 대하여 과장하지 않은 채 가장 진솔하게 스스로의 약점까지도 드러내는 이 작가는 소설과 실록을 동시에 추구하면서 상상력에 대하여 지극히 인색하다. 그렇다고 김남일의 글이 정치지상주의로 경사했거나 또는 건조한 외형적 모사론(模寫論)에 머물렀는가 하면 전혀 반대로 어떤 풍부한 상상력의 소유자에

Firsthand experience and data gathering are important creative tools for Kim Nam-il. That is why some of his stories and novels are closer to reporting than fiction. His works are clear reflections of his own experiences and the range of his actions, his views on society and history, and his vision for the future. He does not exaggerate any aspect of himself or our times. He does not hide any weaknesses, either. He uses imagination sparingly, pursuing fiction and documentary at the same time. Nevertheless, his works are not only about politics. Nor is he simply a photographic realist, either. His works are rich with witty dialogue, inspired de-

게도 못지않은 치밀성과 재치와 기지가 넘치는 묘사와
대화체를 구성해낸다.

임헌영

　김남일에게 현실사회주의의 몰락은 현실을 다시 관
찰하게 하는 충격적인 사건으로 받아들여진다. 현실사
회주의의 몰락은 80년대의 정신적 지향 중의 하나로 얘
기되는 좌익 이념의 퇴조를 가져오고 이 땅의 지식인들
로 하여금 정신적 공허를 곱씹게 한다. 현실은 선과 악,
동지와 적이 확연하게 나누어지는 이항대립의 세계가
아님을 그는 숙고하게 된다. 뿐만 아니라 사회적 모순
은 단선적으로 작동하기보다는 복합적으로 혹은 중층
적으로 작동한다는 사실을 김남일은 절실하게 파악하
게 된다. 그러므로 변화된 현실의 실상을 관찰하고 그
러한 현실에 의미를 부여할 줄 아는 진전된 현실주의가
그에게 요구되었다. 그리하여 김남일은 그의 표현대로
심각한 자기 조정의 과정으로 들어간다.

양진오

scriptions, and tight organization.

Lim Heon-yeong

As it did to many other progressive intellectuals in Korea, the collapse of the socialist block in Eastern Europe came as a shock to Kim Nam-il. Leftist ideologies, one of the most important driving forces behind the 1980s democracy movement in Korea, declined. Intellectuals had to face the task of rebuilding their ideological orientations. Kim Nam-il also had to think hard and accept a reality that was not simply governed by the Manichean binary opposition of good and evil, friends and enemy. He realized that social problems are "overdetermined" by a variety of elements and layers rather than produced by a single origin. He was given a task of creating a more advanced form of realism based on the observation and understanding of a more complicated reality. In his own words, Kim Nam-il plunged into the process of self-rectification.

Yang Jin-o

There are times when we feel it is useless to look back on our past as it just feels too far away. Time takes away not only our past moments and our

세월이 너무 흘러 더는 뒤돌아보는 것도 속절없을 때가 있다. 세월이 가져가는 것은 시간이나 청춘뿐 아니라, 내가 믿었던 '말'의 소멸이기도 하다. 아름다움, 희망, 믿음, 사랑, 설렘! 세월의 저편에서 그토록 빛나던 말들은 지금 어디에 있을까. 김남일의 소설 속에서 지나간 말들을 발견한다. 열정, 고통, 뜨거움, 숨과 숨이 만나 가빠지는 호흡, 그리고 다시, 사랑…… 뜻밖이다.

김인숙

youth, but also the words that we once used during those younger times, words we once believed in. Beauty, hope, belief, love, heart! Where are those brilliant words now, those bright words on the other side of time? I find these words of the past in the stories and novels of Kim Nam-il. Passion, pain, ardor, the short-winded breaths born of the meetings of two breaths, and, again, love... How marvelous!

Kim In-suk

김남일

　김남일은 1957년 경기도 수원에서 태어났다. 2남 5녀의 다섯 번째로 장남이었다. 그가 얼굴도 보지 못한 맨위의 두 누이는 전쟁 때 죽었다.

　1976년 그는 한국외국어대학에 입학한다. 그가 작가가 되기로 결심한 데에는 신입생 시절 작문을 가르쳤던 소설가 고 이범선 선생의 영향이 절대적이었다. 숙제로 낸 짧은 산문에서, 그는 경찰이 곳곳에서 가위를 들고 장발 단속을 하는 나라에 대해 통탄했다. 선생은 그에게 A+ 성적을 주었다. 대학 시절, 레드 제플린, 딥 퍼플, 에릭 클랩튼, 산울림, 그리고 술과 독한 담배를 좋아했다. 그 결과 폐결핵 3기 판정을 받았다. 1979년 가을, 그는 유신 독재정권을 비판했다는 이유로 체포당한다. 유인물에서 그는 "인간은 날 때부터 자유로 선고받았다"(J. P. 사르트르)고 썼다. 그가 얻어맞는 동안, 18년간 절대권력을 누려온 대통령이 측근의 손에 사살되었다. 덕분에 그는 곧 감옥 문을 나설 수 있었다.

　1980년대는 그의 문학적 자궁이자 무덤이다. 1980년

Kim Nam-il

Kim Nam-il was born in 1957 in Suwon, Gyeong-gi-do, the oldest among seven siblings—two sons and five daughters. His two elder sisters, whom he never met, died during the Korean War.

Kim entered the Hankuk University of Foreign Studies in 1976. His decision to become a writer was greatly influenced by the late novelist Yi Beom-seon. Yi gave Kim an A+ for his short essay, in which Kim excoriated the oppressive social reality of his country exemplified in policemen rounding up and randomly cutting the long hair of men. During college, he became seriously interested in the music of Led Zeppelin, Deep Purple, Eric Clapton, and Sanullim. He also took up drinking and smoking. As a result of his heavy smoking habits, he was diagnosed with stage three of tuberculosis at a relatively young age. He was arrested and imprisoned during fall of 1979 for leading a demonstration criticizing the Yushin dictatorship. He wrote a flyer in which he quoted Jean Paul Sartre: "Man is condemned to be free." While he was sav-

5월 광주에서 무자비한 학살이 자행되는 동안 그에게도 수배령이 내려졌다. 끔찍한 소문이 난무하는 비상정국에서 G. 루카치의 『소설의 이론』이 그에게 큰 힘을 주었다.

—하늘에 떠 있는 별을 보고 길을 찾을 수 있던 시대는 행복하였노라.

그 여름, 벗은 "인간을 그가 먹는 빵만으로 규정할 순 없다"며 루카치의 결정론을 비판했다. 그는 벗의 그런 인식에 동의하지 않았다. 그에게 문학은 무기일 수 있었고, 그래야 했다. 그는 1983년 《우리 세대의 문학》이라는 부정기간행물(무크)에 단편소설「배리」를 발표하면서 등단한다. 그 무렵, 레이건 미국 대통령이 방한했는데, 그 바람에 또 수배령이 내려지고 그는 눈을 가린 채 끌려갔다. 나중에 알고 보니 악명 높은 서빙고 보안사였다. 침대에 묶여 한없이 맞았고, 비굴하게 울며 빌었다. 그 부끄러움이 꽤 오래 지속된다. 그 후 10년을 그는 거의 '거리'에서 보냈다. 무수한 이들이 죽었지만, 그런 만큼 거리는 당대 한국 사회에서 유일하게 인간의 존엄성을 확인할 수 있던 공간이었다.

1987년 6월 항쟁 직후 첫 번째 장편소설 『청년일기』

agely beaten in an interrogation room, Park Chung-hee, who had wielded absolute power for eighteen years, was shot dead by his right-hand man. Kim was released soon afterwards.

The 1980s were Kim's literary womb and tomb. While ruthless massacres were going on in Gwangju in May 1980, he was included in the police wanted list. During this period, he felt empowered by reading Georg Lukàcs's *The Theory of the Novel*. The beginning sentence of Chapter 1 was especially inspirational for Kim: "Happy are those ages when the starry sky is the map of all possible paths."

That summer, a close friend of his criticized Lukàcs for his economic determinist stance, saying, "human beings cannot be determined by bread alone." Kim did not agree with this. He thought literature could, and must be a weapon to help the oppressed and disempowered. He made his literary debut in 1983 by publishing a short story entitled "Irrationality" in the magazine/book *Literature of Our Generation*. Around the same time the U.S. President Ronald Reagan visited Korea and Kim was again included on the police's wanted list. He was arrested, blindfolded, and dragged to a secret lo-

를 발표했다.

1990년대는 사회주의권의 몰락으로부터 시작되었다. 당연히, 그의 문학 역시 무너졌다. 그는 마침내 문학이 혁명의 동의어가 아니라는 사실에 동의했다. 문학은 기껏해야 현실의 완고한 표면에 흠집 하나를 남길 수 있을 뿐이었다. 그걸 인정하지 않으면 한 걸음도 나아갈 수 없었다. 그에게 새삼 자기 내면을 들여다보는 일은 너무 낯설었다. 두 번째 장편소설 『국경』과 창작집 두 권을 더 펴냈지만 작가로서의 자의식은 점점 쪼그라들었다.

새 천년, 그는 집과 글을 거의 포기한 채 툭하면 히말라야로 달아났다. 새삼 암벽 등반을 배워 바위에 매달렸다. 산과 바위가 아니었다면 견디기 힘들었을 세월이었다. 『산을 내려가는 법』이라는 창작집을 펴냈고, 생계를 위해 여러 권의 어린이용 인물전기와 청소년 소설을 펴냈다. 2010년 1월, 스스로 존재 자체에 절망하는 토끼 영장류를 주인공으로 내세운 장편소설을 탈고했다. 그는 자신이 소설가로서 전혀 새로운 한 걸음을 떼는 셈이라고 생각했다. 김남일은 전태일문학상과 권정생 창작기금 등을 받았다.

cation, which later turned out to be the notorious Korean Armed Forces Security Headquarters in Se-obinggo-dong. He was tied to a bed and beaten repeatedly. He cried and begged for mercy throughout his interrogation and felt ashamed for this for a long time afterwards. He spent the fol-lowing ten years in the "street." Many people died in the "street," the street becoming a symbol for one of the few spaces where people could affirm their absolute dignity as human beings at the time. He published his first novel *Youth Diaries* soon after this period, the June 1987 Democracy Movement.

The 1990s began with the collapse of the social-ist block in Europe. Subsequently, Kim's faith in lit-erature also collapsed. He had gradually come to the conclusion that literature could not bring about true revolution. Literature, at best, could only leave a tiny dent on the hard surface of reality. He had to acknowledge this in order to move forward. It felt very strange for him to see this part of his inner self. Although he published his second novel *Na-tional Border* and two collections of short stories, he could not help feeling a substantial loss in his confidence as author.

When the new millennium began Kim began running away to the Himalayas, often abandoning his family and writing. He learned how to rock climb and how to scale huge mountain surfaces. He could not have survived those times without those mountains and those rocky mountain walls. He wrote a short story collection entitled *How To Climb Down a Mountain*. In order to maintain a living, he also wrote several biographies and novels for children and teenagers during this time. In 2010 his novel, *Cha Sang-moon the Genius Rabbit*, was published. *Cha Sang-moon the Genius Rabbit* was about a *lepus sapiens*, an intelligent rabbit, who struggles with his own existence. He felt that he was starting on a new path as a novelist. He finished writing this novel in January 2010.

Kim Nam-il has received numerous honors including the Jeon Tae-il Literary Award for Reporting and the Gwon Jeong-saeng Creative Writing Fund.

번역 **전승희** Translated by Jeon Seung-hee

전승희는 서울대학교와 하버드대학교에서 영문학과 비교문학으로 박사 학위를 받았으며, 현재 하버드대학교 한국학 연구소의 연구원으로 재직하며 아시아 문예 계간지 《ASIA》 편집위원으로 활동 중이다. 현대 한국문학 및 세계문학을 다룬 논문을 다수 발표했으며, 바흐친의 『장편소설과 민중언어』, 제인 오스틴의 『오만과 편견』 등을 공역했다. 1988년 한국여성연구소의 창립과 《여성과 사회》의 창간에 참여했고, 2002년부터 보스턴 지역 피학대 여성을 위한 단체인 '트랜지션하우스' 운영에 참여해 왔다. 2006년 하버드대학교 한국학 연구소에서 '한국 현대사와 기억'을 주제로 한 워크숍을 주관했다.

Jeon Seung-hee is a member of the Editorial Board of *ASIA*, and a Fellow at the Korea Institute, Harvard University. She received a Ph.D. in English Literature from Seoul National University and a Ph.D. in Comparative Literature from Harvard University. She has presented and published numerous papers on modern Korean and world literature. She is also a co-translator of Mikhail Bakhtin's *Novel and the People's Culture* and Jane Austen's *Pride and Prejudice*. She is a founding member of the Korean Women's Studies Institute and of the biannual Women's Studies' journal *Women and Society* (1988), and she has been working at 'Transition House,' the first and oldest shelter for battered women in New England. She organized a workshop entitled "The Politics of Memory in Modern Korea" at the Korea Institute, Harvard University, in 2006. She also served as an advising committee member for the Asia-Africa Literature Festival in 2007 and for the POSCO Asian Literature Forum in 2008.

감수 **데이비드 윌리엄 홍** Edited by David William Hong

데이비드 윌리엄 홍은 미국 일리노이주 시카고에서 태어났다. 일리노이대학교에서 영문학을, 뉴욕대학교에서 영어교육을 공부했다. 지난 2년간 서울에 거주하면서 처음으로 한국인과 아시아계 미국인 문학에 깊이 몰두할 기회를 가졌다. 현재 뉴욕에서 거주하며 강의와 저술 활동을 한다.

David William Hong was born in 1986 in Chicago, Illinois. He studied English Literature at the University of Illinois and English Education at New York University. For the past two years, he lived in Seoul, South Korea, where he was able to immerse himself in Korean and Asian-American literature for the first time. Currently, he lives in New York City, teaching and writing.

바이링궐 에디션 한국 대표 소설 046
속옷

2014년 3월 7일 초판 1쇄 인쇄 | 2014년 3월 14일 초판 1쇄 발행

지은이 김남일 | 옮긴이 전승희 | 펴낸이 김재범
감수 데이비드 윌리엄 홍 | 기획 정은경, 전성태, 이경재
편집 정수인, 이은혜 | 관리 박신영 | 디자인 이준희
펴낸곳 (주)아시아 | 출판등록 2006년 1월 27일 제406-2006-000004호
주소 서울특별시 동작구 서달로 161-1(흑석동 100-16)
전화 02.821.5055 | 팩스 02.821.5057 | 홈페이지 www.bookasia.org
ISBN 979-11-5662-002-0 (set) | 979-11-5662-003-7 (04810)
값은 뒤표지에 있습니다.

Bi-lingual Edition Modern Korean Literature 046
Underwear

Written by Kim Nam-il I **Translated by** Jeon Seung-hee
Published by Asia Publishers I 161-1, Seodal-ro, Dongjak-gu, Seoul, Korea
Homepage Address www.bookasia.org I **Tel**. (822).821.5055 I **Fax**. (822).821.5057
First published in Korea by Asia Publishers 2014
ISBN 979-11-5662-002-0 (set) | 979-11-5662-003-7 (04810)

〈바이링궐 에디션 한국 대표 소설〉 작품 목록(1~45)

도서출판 아시아는 지난 반세기 동안 한국에서 나온 가장 중요하고 첨예한 문제의식을 가진 작가들의 작품들을 선별하여 총 105권의 시리즈를 기획하였다. 하버드 한국학 연구원 및 세계 각국의 우수한 번역진들이 참여하여 외국인들이 읽어도 어색함이 느껴지지 않는 손색없는 번역으로 인정받았다. 이 시리즈는 세계인들에게 문학 한류의 지속적인 힘과 가능성을 입증하는 전집이 될 것이다.

바이링궐 에디션 한국 대표 소설 set 1

분단 Division

01 병신과 머저리-**이청준** The Wounded-**Yi Cheong-jun**

02 어둠의 혼-**김원일** Soul of Darkness-**Kim Won-il**

03 순이삼촌-**현기영** Sun-i Samch'on-**Hyun Ki-young**

04 엄마의 말뚝 1-**박완서** Mother's Stake I-**Park Wan-suh**

05 유형의 땅-**조정래** The Land of the Banished-**Jo Jung rae**

산업화 Industrialization

06 무진기행-**김승옥** Record of a Journey to Mujin-**Kim Seung-ok**

07 삼포 가는 길-**황석영** The Road to Sampo-**Hwang Sok-yong**

08 아홉 켤레의 구두로 남은 사내-**윤흥길** The Man Who Was Left as Nine Pairs of Shoes-**Yun Heung-gil**

09 돌아온 우리의 친구-**신상웅** Our Friend's Homecoming-**Shin Sang-ung**

10 원미동 시인-**양귀자** The Poet of Wŏnmi-dong-**Yang Kwi-ja**

여성 Women

11 중국인 거리-**오정희** Chinatown-**Oh Jung-hee**

12 풍금이 있던 자리-**신경숙** The Place Where the Harmonium Was-**Shin Kyung-sook**

13 하나코는 없다-**최윤** The Last of Hanak'o-**Ch'oe Yun**

14 인간에 대한 예의-**공지영** Human Decency-**Gong Ji-young**

15 빈처-**은희경** Poor Man's Wife-**Eun Hee-kyung**

바이링궐 에디션 한국 대표 소설 set 2

자유 Liberty

16 필론의 돼지-**이문열** Pilon's Pig-**Yi Mun-yol**

17 슬로우 불릿-**이대환** Slow Bullet-**Lee Dae-hwan**

18 직선과 독가스-**임철우** Straight Lines and Poison Gas-**Lim Chul-woo**

19 깃발-**홍희담** The Flag-**Hong Hee-dam**

20 새벽 출정-**방현석** Off to Battle at Dawn-**Bang Hyeon-seok**

사랑과 연애 Love and Love Affairs

21 별을 사랑하는 마음으로-**윤후명** With the Love for the Stars-**Yun Hu-myong**

22 목련공원-**이승우** Magnolia Park-**Lee Seung-u**

23 칼에 찔린 자국-**김인숙** Stab-**Kim In-suk**

24 회복하는 인간-**한강** Convalescence-**Han Kang**

25 트렁크-**정이현** In the Trunk-**Jeong Yi-hyun**

남과 북 South and North

26 판문점-**이호철** Panmunjom-**Yi Ho-chol**

27 수난 이대-**하근찬** The Suffering of Two Generations-**Ha Geun-chan**

28 분지-**남정현** Land of Excrement-**Nam Jung-hyun**

29 봄 실상사-**정도상** Spring at Silsangsa Temple-**Jeong Do-sang**

30 은행나무 사랑-**김하기** Gingko Love-**Kim Ha-kee**

바이링궐 에디션 한국 대표 소설 set 3

서울 Seoul

31 눈사람 속의 검은 항아리-**김소진** The Dark Jar within the Snowman-**Kim So-jin**

32 오후, 가로지르다-**하성란** Traversing Afternoon-**Ha Seong-nan**

33 나는 봉천동에 산다-**조경란** I Live in Bongcheon-dong-**Jo Kyung-ran**

34 그렇습니까? 기린입니다-**박민규** Is That So? I'm A Giraffe-**Park Min-gyu**

35 성탄특선-**김애란** Christmas Specials-**Kim Ae-ran**

전통 Tradition

36 무자년의 가을 사흘-**서정인** Three Days of Autumn, 1948-**Su Jung-in**

37 유자소전-**이문구** A Brief Biography of Yuja-**Yi Mun-gu**

38 향기로운 우물 이야기-**박범신** The Fragrant Well-**Park Bum-shin**

39 월행-**송기원** A Journey under the Moonlight-**Song Ki-won**

40 협죽도 그늘 아래-**성석제** In the Shade of the Oleander-**Song Sok-ze**

아방가르드 Avant-garde

41 아겔다마-**박상륭** Akeldama-**Park Sang-ryoong**

42 내 영혼의 우물-**최인석** A Well in My Soul-**Choi In-seok**

43 당신에 대해서-**이인성** On You-**Yi In-seong**

44 회색 時-**배수아** Time In Gray-**Bae Su-ah**

45 브라운 부인-**정영문** Mrs. Brown-**Jung Young-moon**